독의 왕 ③

최강의 힘을

각성한 나는

을 거느려

발정하렘의 주인이 된다

CONTENTS

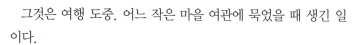

그것은 여행 도중. 어느 작은 마을 여관에 묵었을 때 생긴 일이다.

"새삼스럽게 묻는 것 같지만…… 밀리시아, 넌 뭘 할 수 있지?"

밤도 완전히 새었을 무렵. 램프의 오렌지색 빛 아래에서 물은 이는 보라색 머리카락과 눈동자를 가진 청년── 카임이었다.

'권성(拳聖)'의 아들이면서, 날 때부터 독의 저주에 침식된 비극의 주인공. '독의 여왕'과 융합함으로써 저주를 극복해 압도적인 힘을 손에 넣은 기린아다.

"갑자기 왜 그러시나요?"

이상하다는 듯이 고개를 갸웃거린 이는 카임의 옆에 있는 금발청안 미소녀다.

그녀의 이름은 밀리시아 가넷. 대륙에서 손꼽히는 대국인 가넷 제국의 황녀이자, 카임과 같이 여행하는 동행자이고 연인이었다.

카임과 밀리시아는 둘 다 실 한오라기 걸치지 않은 모습이었다. 방금까지 남녀의 행위에 힘쓴 후 필로 토크 중이다.

같은 침대에는 여행 동료인 티와 렌카도 있었는데, 이쪽도 알몸으로 새근새근 고른 숨소리를 내고 있었다.

"아니, 특기라든가 잘하는 것이 있나 싶어서. 이 여행 중에, 딱히 활약한 게 없잖아?"

"으……."

밀리시아는 카임의 지적을 받고서 가슴을 억눌렀다. 아무래도 아픈 곳을 찌르고 만 모양이다.

"부, 분명 거치적거린다는 자각은 있어요……. 도움이 되지 못해서 죄송해요."

"아니……, 딱히 책망하는 건 아니지만."

실제로 이 여행 중에서 밀리시아가 도움이 된 상황은 없었다.

마물이나 도적과의 싸움에서는 주로 카임이 전선에 서고, 야영 준비나 식사 채비는 티와 렌카가 담당한다.

황녀라서 어쩔 수 없다고 말하면 그렇기는 하지만…… 밀리시아가 활약하는 상황은 짐작이 가지 않는다.

"하, 하지만, 저도 제대로 할 수 있는 일은 있어요! 카임 씨처럼 싸울 수는 없지만…… 신성술(神聖術)은 특기예요!"

"신성술?"

들어본 적이 없는 단어라고 생각하기가 무섭게, 카임의 머리에 떠오르는 지식이 있었다.

신성술이란 신이나 성령에 대한 신앙을 마법으로 발동하는 기술인데, 수행을 쌓은 신관이나 무녀만이 쓸 수 있다.

신앙 대상에 대한 숭배와 맞바꿔서 본래의 마력보다도 강한 힘을 낼 수 있어서 '신의 기적'이라고도 불렸다.

'갑자기 머리에……. '독의 여왕'의 지식인가.'

카임은 '독의 여왕'과 융합함으로써 모든 독을 조종하는 힘을 얻었지만, 마찬가지로 그녀가 가졌던 지식도 이어받았다.

"신성술은 치유마법과 결계술, 거기에 정화를 할 수 있는 거였던가?"

"잘 아시네요. 그 말씀이 맞아요."

카임이 여왕의 지식을 뒤지면서 말하자, 밀리시아가 고개를 끄덕이며 수긍했다.

"저는 열두 살 때, 제도에 있는 성령교의 신전에 맡겨졌어요. 거기에서 세례를 받고서 수행을 쌓았으니 상처 치료 등은 자신 있어요."

"흐음, 처음 듣는군. 그럼, 어째서 그 힘을 쓰지 않는 건데."

"……쓸 기회가 없기 때문이에요. 아무도 다치지 않으니까요."

밀리시아가 아주 조금 토라진 기색으로 입술을 삐죽였다.

"아무리 강한 마물이 나와도 카임 씨가 간단히 쓰러뜨려 버려요. 물론, 다치기를 바라는 건 아니지만…… 저도 도움이 되는데. 제대로 활약할 수 있는데……."

"그거 미안하게 됐네. 치료마법 말고는 어떤 걸 할 수 있어?"

"결계술로 마물의 침입을 막을 수도 있어요. 다만…… 여기에는 특별한 도구가 필요해서, 쓸 기회는 좀처럼 없어요. 그 밖에는 고스트 등의 언데드를 정화해서 사라지게 할 수도 있는데요……."

"쓸 기회는 없어 보이는군. 어느 쪽이든 간에."

평범하게 여행하기만 해서는 언데드와 마주칠 기회는 거의 없다.

그들은 명복을 기도받지 못하고, 원통함이나 원한을 남기고 죽은 인간이 마물로 변한 것. 방치된 성이나 성채 유적, 햇빛이 닿지 않는 동굴 깊숙한 안쪽 등에만 존재하니까.

"신전에서 배식 봉사를 해서 요리 같은 건 할 수 있지만, 본업이 메이드인 티 씨에게는 당해낼 수 없고, 자질구레한 일은 렌카가 해주고…… 역시 저는 도움이 안 되나 봐요…….."

밀리시아가 훌쩍훌쩍 울음을 터뜨리고 말았다.

카임은 딱히 책망하고 싶어서 이 화제를 꺼낸 것은 아닌지라 당황해서 달랬다.

"뭐, 신경 쓰지 마! 다치면 기댈 일도 있을 테고, 어딘가에서 언데드를 마주치는 일이 있을지도 모르잖아?"

"흐윽……, 여러분이 다치는 건 싫어요. 하지만, 언데드가 나오기를 바라는 시스터도 좀 아닌 것 같아요…….."

"……뭐, 그렇군."

"역시 저는 못난 아이예요……. 카임 씨, 위로해 주세요…….."

"으엇!"

밀리시아가 카임에게 매달렸다. 물론, 알몸인 상태로.

폭신폭신한 가슴이 카임의 복부에 밀어 붙여져서 부드럽게 형태를 바꾼다.

"아, 밀리시아 씨가 혼잡한 틈을 타서 앞지르기를 하고 있어요!"

"공주님……, 그 방식은 비겁한 것 같습니다만."

같은 침대에서 항의의 목소리가 높아졌다.

언제부터 깨어난 것일까? 시트를 뒤집어쓰고서 잠자던 여행 동료…… 수인 메이드 티와 붉은 머리의 여기사인 렌카가 대화에 끼어들었다.

독의 왕 3

최강의 힘을 각성한 나는 미희들을 거느려 발정하렘의 주인이 된다

♥벌꿀보다도 달콤한 것

그것은 제도를 향해 여행하던 도중에 있었던 일.

"어쩐지, 달콤한 냄새가 나요."

코를 킁킁 실룩이면서 말을 꺼낸 이는 수인 메이드 티였다.

"냄새? 나는 모르겠는데……?"

카임은 티를 따라 냄새를 맡아보았지만, 그럴싸한 향기는 나지 않았다.

"틀림없어요. 저쪽 숲 쪽에서 나요."

티가 가도 옆에 있는 숲을 손가락으로 가리켰다.

화이트 타이거 수인이라 인간보다도 후각이 뛰어난 티는, 카임 일행은 모르는 냄새를 아는 것이리라.

"아아, 그러고 보니…… 이 근처는 벌꿀 산지였군."

렌카가 떠올랐다는 듯이 입을 열었다.

"아마, 저기 있는 숲에 꿀벌집이 있는 거겠지. 잘도 알아챘군."

"티의 코를 우습게 봐서는 안 돼요. 이 정도는 낙승이에요."

"벌꿀, 벌꿀이라……. 그립군."

카임이 입가에 손을 대고서 아련한 눈빛을 했다.

어머니가 살아 있을 적에는 자양에 좋다며 자주 먹여주고는 했다.

벌꿀을 듬뿍 바른 토스트는 카임이 좋아하는 음식 중 하나인데…… 어머니가 세상을 떠나고 나서는 먹는 일이 없었다.

"모처럼이니까, 잠시 따갈래요?"

카임의 얼굴을 들여다보고서, 밀리시아가 그런 제안을 했다.

"벌꿀은 영양이 많으니까 비상식도 되고, 마을에서 비싸게 팔 수 있으니 노잣돈도 되는데요?"

"……그렇군. 나도 오랜만에 먹고 싶으니, 큰맘 먹고 벌꿀 사냥을 할까."

카임이 고개를 끄덕여서 밀리시아의 제안을 받아들였다.

일행은 부엽토의 지면을 바스락바스락 밟으며 숲 안쪽으로 들어갔다.

"이쪽, 이쪽이에요."

"깨어난 건가? 둘 다."

"어흥. 밀리시아 씨가 꼼수를 쓰는 기척이 나서요."

"그건 어떤 기척이냐고……."

"공주님께서도 그럴 마음이 드신 모양이니…… 한 판 더 붙을까?"

렌카가 탄력 있는 가슴을 쑥 내밀며 정욕에 눈동자를 불태웠다.

"어흥, 찬성이에요. 우선은 티부터예요."

"안 돼요. 도움이 안 되는 제가 카임 씨에게 위로받을 거예요!"

"도움이 안 되면 사양해야죠! 뭘 약삭빠르게 이용하는 건가요?!"

"이봐, 싸우지 말라고. 여기선 절충안으로서 내가 엉덩이를 얻어맞겠어."

"마조히스트 변태는 입 다물어요!"

세 미녀·미소녀가 카임을 둘러싸고서 와글와글 소란을 부리기 시작했다.

"……너희, 아까 한 지도 얼마 안 됐을 텐데."

아무래도 오늘 밤도 수면 부족이 될 것 같다.

하기로 했으면 냉큼 끝내 버리자.

"""아앙!"""

카임이 손을 뻗어서 세 사람의 몸을 순서대로 애무했다.

오렌지색 빛에 비친 방 안, 삼중주의 달콤한 교성이 울렸다.

"그러고 보니…… 그런 이야기를 했었군."

"네, 마침내 제 신성술이 도움이 될 날이 왔어요."

그 마을은 안개에 휩싸여 흐릿해져 있었다.

마을 전체가 자욱이 낀 안개로 인해 어둡고 어스름하게 가라 앉고, 어딘가에서 풍겨 오는지 알 수 없는 썩은 내와 시취가 감돌았다.

그곳은 사자의 마을. 일찍이 마을 사람들이 평온하게 살았을 집락이 살아 있는 모든 것을 거부하는 마굴로 변했다.

가라앉은 공기로 감싸인 폐촌의 입구에, 카임과 밀리시아, 렌카와 티가 서 있었다.

평소에는 뒤에 숨어 있는 밀리시아가 드물게 앞에 나서서 은색 석장을 들고 있었다. 석장 끝에는 금속제 링이 몇 개 달려 있었는데, 흔들 때마다 짤랑짤랑 맑은 소리가 울린다.

카임과 세 동료가 찾아온 곳은 지알로 마을 북쪽에 있는 작은 마을이다.

인구 백 명을 채우지 못하는 작은 촌락이었는데, 누에농사가 성행해서 그 나름대로 유복한 곳이었던 모양이다.

하지만 그 마을은 현재 언데드의 소굴이 되어서, 마을 사람은 하나도 남김없이 걸어 다니는 시체로 전락했다.

카임 일행은 모험가 길드의 길드 마스터인 샤론 일다나에게 의뢰를 받고, 마을에 있는 언데드 토벌과 원인 규명을 위해서 마차로 여기까지 찾아왔다.

　제국 황녀인 밀리시아를 노리는 추격자를 속이기 위해, 북쪽으로 우회하는 길로 제국으로 향하던 카임 일행이었지만……토사 붕괴가 원인으로 제국으로 가는 가도가 봉쇄됨으로써, 오지도 가지도 못하는 상황을 강요당하고 있다.

　아무것도 하지 않은 채 가도 복구를 기다리기보다는, 모험가 길드에서 일이라도 받고서 노잣돈을 버는 쪽이 효율적이라고 판단했기 때문에 의뢰를 받아들인 것이다.

　"으윽……, 냄새나요. 코가 삐뚤어질 것 같아요……."

　"티, 괜찮나?"

　카임과 밀리시아의 뒤에선 코를 누르고 괴로워하는 티를 렌카가 돌보고 있다.

　수인인 티는 인간보다도 후각이 뛰어나서, 폐촌에서 풍겨 오는 썩은 냄새에 민감하게 반응하고 있었다.

　"티, 마차에서 기다리고 있어. 무리해서 따라오지 않아도 된다고."

　"그, 그럴 수는 없어요……. 카임 님의 메이드로서, 주인이 가는 곳이라면 설령 불 속이든 물 속이든 우웨에에에에엑……."

　"진짜로 돌아가! 마차에, 차라리 마을로 돌아가 있어!"

　도움이 안 되는 것으로 모자라, 완전히 발목을 붙잡고 있었다.

　솔직히 이런 곳에서 충성심을 발휘해 봤자 민폐다.

　카임 입장에선 티가 냉큼 돌아가서 요양했으면 좋겠다. 뒤에서 토사물이라도 흩뿌리면 정신이 흐트러져서 참을 수 없을 거다.

"아아, 이럴 때 좋은 마법이 있어요. 청정한 성령의 숨결이여, 우리를 정화하소서…… 【리프레시】!"

보다 못한 밀리시아가 석장을 휘두르며 성령술을 발동했다.

그 순간, 민트향 같은 상쾌한 바람이 불어서 주위의 악취를 제거해 나갔다.

"아, 냄새가 사라졌어요!"

썩은 내와 시취가 사라지자 티가 부활했다.

"본래는 독가스 등을 날려 없애기 위한 마법이지만…… 도움이 된 것 같아서 다행이에요."

"살았어요, 밀리시아 씨! 뒤에서 모두에게 보호받으며 으스대기만 하는 쓸모없는 사람이 아니었군요!"

"저를 그렇게 생각했군요……. 아뇨, 쓸모없다는 자각은 하고 있었지만요."

"싸우는 게 일인데 쓸모없었던 사람도 있으니까 괜찮아요."

"티……, 설마 아니겠지만 그건 나를 말하는 건 아니겠지? 나도 애썼다고, 정말로."

부활한 티의 말을 듣자 밀리시아가 침울해지고, 렌카가 떫은 표정을 지었다.

그런 그녀들의 목소리에 섞여서…… 다가오는 발소리가 있었다.

"수다는 거기까지 해둬……. 마중이 온 모양이라고."

"네……?"

밀리시아가 마을 안쪽에 눈길을 향하자…… 흐릿하게 자욱이 낀 안개 속에서, 여러 인형이 나타났다.

그것은 얼핏 평범한 마을 사람으로 보였다. 사람 형태의 실루엣. 두 다리로 서서 걷고, 손에는 괭이나 낫 같은 농기구를 손에 들고 있었다.

하지만…… 그들이 다가옴에 따라서, 그 이상함이 명백해지기 시작했다.

마을 사람들은 손발이 부자연스럽게 꺾여 있고, 목이 반대 방향으로 비틀어져 있었다.

몸 여기저기에 상처가 나서 거무죽죽한 피가 배었고, 썩은 피부 표면을 구더기가 기어갔다.

"좀비……."

"……꺼림칙하기 그지없어요. 또 토할 것 같아요."

밀리시아가 어깨를 떨고, 티도 입을 손으로 막았다.

나타난 것은 썩은 육체를 가진 언데드. 스켈레톤과 나란히 메이저한 언데드로, '좀비'라 불리는 몬스터였다.

"보기만 해도 소름이 돋을 것 같군. 이 녀석들…… 내 독이 통할까?"

카임이 구역질을 참으면서 중얼거렸다.

이미 살아 있지 않은 좀비에게는 독이 통하지 않을 가능성이 높다. 강산성 독으로 몸을 녹인다는 방법도 있지만…… 썩어 문드러진 사체인 좀비가 백골인 스켈레톤이 될 뿐이지 여전히 습격해 올 것 같은 기분도 든다.

"맨손으로 때리는 것도 사양이로군. 마력을 두르고 있어도 냄새가 옮을 것 같아."

"그렇다면, 여기는 저한테 맡기세요!"

밀리시아가 폐촌에서 나오려 하는 좀비에게 석장 끝을 겨누었다.

"별을 순회하는 커다란 빛. 희고 강하고 존귀한 하늘의 황제. 그 커다란 손으로 방황하는 새끼 양을 감싸소서……, 【홀리 서클릿】!"

밀리시아가 기도의 말을 마치자, 그녀를 중심으로 하얀 빛이 원을 이루며 퍼졌다.

원 안에 한 걸음이라도 발을 들이면 그 순간 좀비가 먼지로 변했고, 의복의 잔해와 손에 들었던 농기구가 지면에 떨어졌다.

지능을 가지지 않은 좀비들은 스스로 빛의 원 안쪽으로 걸어들어와 멋대로 사라져 갔다.

이윽고 마을에서 나온 서른쯤 되는 좀비가 먼지로 변해 소멸했다.

"오오, 대단하군."

카임이 감탄의 목소리를 흘렸다. 신성술이 언데드에게 특효의 힘을 가지고 있다는 사실을 알았지만, 이렇게까지 효과가 직방일 줄은 몰랐다.

"난 이런 건 흉내 낼 수 없어. 참 대단하군."

"칭찬해 주셔서 영광이에요……. 방황하는 혼이 편안히 잠들기를."

밀리시아가 손가락으로 별 모양을 긋고서, 비명횡사에 이른 마을 사람을 애도했다.

"다른 사람은 마을 안에 있나?"

"어흥……. 아무래도, 안에 들어가야만 하는 모양이에요."

카임의 물음을 듣고, 티가 눈을 응시하며 폐촌 안을 들여다보면서 대답했다.

흐릿하게 안개가 자욱이 낀 마을 안, 몇몇 사람의 형태가 움직이는 모습이 보였다.

"밀리시아만 일하게 할 수는 없지. 다음은 나도 싸우겠어."

신성술은 신앙의 은혜에 따라서 통상보다도 적은 마력으로 발동할 수 있지만, 그렇다 한들 밀리시아의 마력에도 한계가 있다. 썩은 시체를 직접 때릴 마음은 들지 않지만, 【기린】같은 간접 공격이라면 건드리지 않고도 쓰러뜨릴 수 있으리라.

"나도 싸우겠다. 공주님만 일하게 할 수는 없다."

"어흥……, 티는 돌을 던져서 견제할게요. 삼절곤으로 쓰러뜨리기는 어려워 보이니까요."

"좋아, 간다! 밀리시아는 앞에 너무 나서지 않도록 해!"

"네, 알겠습니다!"

일행은 안개 속에서 흩어지지 않도록 한데 뭉쳐서 언데드의 소굴인 마을로 발을 들였다.

나타난 좀비를 카임이 압축 마력으로 쏘고, 렌카가 검으로 베고, 밀리시아가 신성술로 정화해서 쓰러뜨려 간다. 뛰어난 오감을 가진 티가 적의 접근을 제일 빠르게 알아챔으로써 기습을 막고, 돌을 던져서 동료를 엄호한다.

좀비 하나하나는 그리 강하지 않다. 하지만 주위가 안개에 휩싸인 상황에서 상대하게 되면, 나름대로 까다로워지고 만다.

"대체 이 거추장스러운 안개는 뭐냐. 자연현상은 아니겠지?"

"기후 조작은 무척 고도의 마법이에요. 단순한 좀비가 할 수 있는 일은 아니에요."

밀리시아가 투덜거리는 카임에게 심각한 표정으로 대답했다.

"추측이긴 하지만…… 마을을 이렇게 만든 원흉의 짓인 것 같아요."

"어딘가의 마법사가 했다는 건가?"

"시체를 조종하는 네크로맨서……, 혹은 리치일 가능성도 있어요."

리치란 실체를 가지지 않은 혼뿐인 언데드이며, 인간 이상의 지혜를 가지고 마법도 쓸 수 있는 성가신 마물이다.

마찬가지로 영체 마물인 고스트와는 위험도가 크게 달라서, 최저한이라도 '후작급'. 세월을 거쳐서 힘을 쌓았다면 '공작급'조차 달하는 개체도 있다.

"신전의 기록을 읽은 적이 있는데…… 과거에는 '엘더 리치'라고 불리는 '공작급' 언데드가 만의 권속을 이끌고 도시를 멸한 적도 있대요. 이 마을에 리치가 있다면, 시급히 토벌해야만 해요."

지금은 마을 하나가 언데드의 소굴로 변한 정도로 끝났지만, 내버려 두면 점점 피해가 확대될 우려가 있다. 한시라도 빠른 해결이 요구된다.

"카임 님, 저쪽에 뭔가 있어요!"

티가 마을 안쪽을 손가락으로 가리켰다. 보아하니 안개 너머에 무언가 커다란 물체가 서 있었다. 형상으로 보아 인공물과는 다른 것 같은 느낌이 들었다.

"가 보자."

카임 일행이 마을 깊숙한 안쪽으로 나아가자, 이윽고 큰 나무 한 그루가 나타났다.

굵은 나무줄기. 힘차게 지면에 딱 달라붙은 뿌리. 가지는 사방으로 넓게 뻗어서 녹음이 퍼져 있다. 적어도 수령 300년 이상은 될 거목이다. 마을 사람에게 무언가의 신앙 대상이었던 것이리라. 나무 뿌리께에는 제단이 만들어져 있었는데, 공물을 바친 흔적도 있었다.

"음……."

하지만 중요한 문제는 그런 것이 아니다.

굵은 나무줄기에 등을 기대다시피 앉은 인영이 있었던 것이다.

책상다리 자세를 하고서 명상이라도 하듯 양손을 펼친 '그것'은, 형체만은 로브를 두른 인간처럼 보였다.

하지만 실제로 그것을 직접 목격하고서 인간이라고 생각하는 자는 없을 것이다.

로브를 두른 무언가는 온몸에서 농밀한 죽음의 기척을 뿜고 있어서, 보기만 해도 등줄기에 한기가 덮쳐올 만큼 꺼림칙했다.

"카임 씨……."

"그래, 나한테서 떨어지지 마."

겉옷 옷자락을 붙잡는 밀리시아에게 말해두고서, 카임은 일행을 이끌고 큰 나무에 다가갔다.

그러자 로브의 인영이 카임 일행의 접근을 알아채고서 말을 던져왔다.

"왔군……. 차림새로 보아하니 병사는 아닌 것 같은데, 모험가인가?"

"……넌 누구냐? 말이 통하는 모양인데, 인간은 아니지?"

로브의 인영이 사람 말로 말을 걸어왔다. 나지막한 남성의 목소리였다.

"여기에 도착했다는 건 마을에 있는 권속들은 패한 거로군? 어차피 하잘것없는 좀비……. 딱히 놀랄 만한 일도 아닌가."

그는 카임의 질문에는 답하지 않고서, 마치 시가라도 읊듯이 낭랑하게 이야기했다.

"쓸모없는 자는 죽어서도 쓸모없어. 하지만 유용한 자를 손에 넣으려면 쉽지 않은 노력이 필요하지. 이 세상은 참으로 뜻대로 되지 않는구나. 살아 있어도 죽어서도 고생이 끊이지 않지."

"……꽤 유창한 말을 하잖아. 언데드 주제에."

"말이 사람의 전유물이라고 생각했나, 거만한 젊은이여."

로브의 인영이 카임에게 시선을 보냈다. 어둡게 패인 눈구멍에서 차가운 시선이 뿜어졌다.

"……재미있는 마력을 가지고 있군. 배어 나오는 힘……. 범인은 두를 수 없는 왕의 패기……. 아무래도 네놈은 나와 말을 나눌 권리가 있는 모양이야."

인영은 그렇게 말하면서 머리를 덮었던 후드를 내렸다.

칠흑의 천 아래에서 나타난 것은…… 창백한 안색을 한 남자의 얼굴이었다. 조금도 피가 통하지 않은 피부에는 생기가 없었지만, 생김새는 날렵 그 자체. 미남자라고 해도 좋을 만큼 단정했다.

"……역시 리치인가."

"어째서 알지, 젊은이여."

"그림자가 없어. 너에게는 실체가 없는 거겠지?"

남자의 발치에는, 그리고 몸 온갖 곳에는 그림자가 존재하지 않는다. 실체가 없는 영체. 그리고 유창하게 대화할 수 있는 점을 보면, 높은 지능을 가진 리치임이 틀림없었다.

리치는 해골 모습이라는 이미지가 강하지만 살아 있는 인간과 다르지 않은 모습을 한 자도 있다.

정체를 지적받은 리치는 신경 쓰는 기색도 없이, 수려한 얼굴에 희미하게 웃음을 띠었다.

"그런가, 들키고 말았나."

"무슨 목적으로 마을을 습격했지? 마을 사람 전원을 좀비로 만들어서, 뭘 하고 싶었던 건데?"

"자기소개도 하지 않았는데 잇따라 묻는군. 무례한 젊은이 같으니."

리치가 일어서서 가슴에 손을 댔다.

"나의 이름은 벤하렌. 일찍이 이 땅을 다스렸던 왕이다."

"왕……?"

"어째서 습격했느냐는 질문에는 대답할 의미가 없군. 왕인 나에게는 백성을 멋대로 할 권리가 있다. 자신이 가진 물건을 장난삼아 농락한다 해도, 아무에게도 민폐가 되지 않는 것이다.”

“이유도 없이 사람을 습격했다는 건가……. 결국 저속한 마물이로군.”

지긋지긋하다는 듯이 내뱉은 이는 카임이 아니라, 뒤에서 대화를 듣고 있던 렌카였다.

“이 땅은 영광스러운 가넷 제국의 영토 중 일부다. 언데드 따위에게 영유권을 주장할 권리는 없다!”

“닥쳐라, 계집애. 네놈에게 나와 이야기할 권리는 없다.”

“커헉……!”

벤하렌이라고 이름을 댄 리치가 손가락을 튕겼다.

다음 순간, 강렬한 역장이 생겨나 렌카를 덮쳤다. 멧돼지의 돌진에 부딪힌 것 같은 충격을 받고서, 렌카가 날아가 지면을 굴렀다.

“렌카!”

“렌카 씨!”

밀리시아와 티가 렌카에게 달려갔다.

“이 자식……!”

카임이 지면을 박차고 벤하렌에게 덤벼들어서, 압축 마력을 두른 발차기를 펼쳤다.

“빠르다, 그리고 강하군.”

“…………!”

하지만 보이지 않는 벽이 벤하렌의 앞을 가로막아 카임의 발을 받아냈다. 딱딱한 암반을 찬 것 같은 둔탁한 감촉이 났다.

"아무리 나의 육체가 영체라고는 해도, 그런 수준의 마력을 받으면 나름대로 대미지는 있었겠지. 훌륭하다고 칭찬해 주마."

"알 게 뭐야. 냉큼 죽어라!"

"【소울 나이트】."

카임이 추가 공격을 걸려고 했지만, 벤하렌이 오른손을 휘둘렀다. 주위에 창백한 도깨비불이 떠오르고, 형상을 바꿔서 인간 형태가 되었다.

나타난 것은 칠흑의 전신 갑옷을 몸에 두른 기사. 투구를 써서 얼굴은 볼 수 없지만…… 몸의 관절 부분에는 도깨비불이 불타고, 몸도 얼어붙을 것 같은 기척이 산 자와는 동떨어져 있다.

ㅁㅁㅁ우우우우우우우우우우우웃…….ㅁㅁㅁ

도깨비불을 두른 전신 갑옷의 기사가 땅울림 같은 낮은 목소리를 냈다.

나타난 기사의 인원수는 다섯 정도. 각각이 검이나 창, 방패 등으로 무장했다.

적의를 드러내며 다가오는 불사의 기사를 보고서 밀리시아가 외쳤다.

"소울 나이트……. '자작급' 언데드예요! 여러분, 조심하세요!"

"알았어!"

밀리시아의 목소리에 응해서, 카임이 정면에 있던 소울 나이트를 후려쳤다.

압축 마력을 두른 주먹에 갑옷 기사가 날아가서 나무줄기에 충돌했다.

나름대로 큰 충격이었을 텐데, 얻어맞은 기사가 일어서서 창을 겨눠왔다.

"흐음……, 터프하군. 역시나 언데드라고 해야 하나."

"카임 님! 가세하겠어요!"

"나도다……. 불사자 따위에게 질 수는 없지!"

티가 삼절곤을 꺼내고, 렌카 또한 일어서서 검을 겨눴다.

두 사람이 다가오는 소울 나이트에게 맞서서 무기를 휘둘렀다.

"어훙! 꽤, 만만치 않아요!"

"큭……, 언데드 주제에…….!"

티가 삼절곤으로 소울 나이트를 후려쳤지만, 언데드 기사는 방패로 공격을 받아냈다. 렌카 또한 고전하고 있다. 소울 나이트 하나와 검을 나누며 격렬한 싸움을 펼쳤다.

『오오오오오오오오오오오오오오옷!』

"'자작급'이란 건 오크 위 등급 정도인데…… 그런 것치고는 강하잖아!"

카임이 칼로 베려고 덤벼드는 소울 나이트를 걷어차 날렸다. 다른 한 체가 창으로 찔러왔지만, 얼굴을 뒤로 젖혀서 회피한 뒤 창을 움켜쥐고서 던져버렸다.

다섯 체의 소울 나이트 중 세 체와 카임이 싸우고, 남은 두 체를 티와 렌카가 각각 상대하고 있다.

소울 나이트에게서는 '자작급'이라는 계급보다 더 강한 힘이 느껴졌다. 적어도 '검은 사자'라고 이름을 댄 모험가 팀보다도 강했다.

"저 리치가 마법으로 버프를 걸고 있어요! 아마도, 본래의 힘보다 강화되었을 거예요……!"

생각한 이상으로 고전을 강요당하는 전위 세 사람을 향해 후방에 있는 밀리시아가 외쳤다.

"신성술로 정화하겠어요! 그대로 버텨주세요!"

"알았어. 다들, 밀리시아를 지키자!"

카임이 독을 담은 마력을 소울 나이트의 머리 부분에 쏘았다. 풀 페이스 투구가 부식해서 허물어져 갔지만…… 검은 강철 투구 아래에서 드러난 것은 해골의 머리 부분이었다.

소울 나이트는 독을 맞았음에도 불구하고 태연하게 검으로 공격해 왔다. 카임이 압축 마력을 두른 팔로 공격을 튕기고 크게 혀를 찼다.

"독의 효과가 약하군……. 이래서 언데드는 질이 나빠!"

『오오오오오오오오오오오오오옷!』

"닥치고 있어!"

해골의 머리 부분을 때려 으깼다. 인간이라면 명백한 치명상이다.

소울 나이트는 머리 부분을 잃었지만, 그래도 일어서서 전투를 속행했다.

머리를 잃은 정도로는 치명상이 되지 않는 모양이다. 명백히 마을 입구에서 싸웠던 좀비와는 격이 다른 언데드다.

"어흥! 어흥! 어흥! 어흥!"

"홋! 큭! 야압!"

티와 렌카도 필사적으로 무기를 휘둘러서 소울 나이트에 응전했다.

시간으로 따져서 5분도 채우지 못한 싸움이었지만, 때려도 걷어차도 일어서는 기사와의 싸움에 서서히 피로가 축적되었다.

카임은 어쨌거나, 여성 두 사람은 상당히 버거워 보였다.

"하아, 하아, 하아……."

"괜찮나요?! 렌카 씨?!"

"이, 이쪽 걱정을 할 상황이냐! 티도 고전하고 있지 않나……!"

"슬슬, 두 사람은 한계인가……! 밀리시아, 아직 멀었나?!"

세 체의 소울 나이트가 펼치는 공격을 처리하면서 카임이 외쳤다.

후방에 있는 밀리시아는 양손으로 석장을 움켜쥐며 중얼중얼 영창을 하고 있었다.

싸움을 길게 끌면 희생자가 나올지도 모른다……. 그런 위기감이 카임의 뇌리를 스쳤을 때, 마침내 밀리시아의 영창이 끝났다.

"오래 기다리셨어요! 마법을 쓰겠습니다!"

밀리시아가 석장 끝을 머리 위로 들었다.

그 순간, 주위의 안개가 개고 하늘에서 눈이 부실 만큼 밝은 햇빛이 내리쏟아졌다.

"신성술──【생추어리】!"

하얀빛이 일대를 감쌌다. 아까 전, 좀비를 토벌했던 것보다도 몇 단계 강력한 신성술이 언데드의 소굴을 정화해 나갔다.

청정한 공기에 감싸인 소울 나이트의 움직임이 정지하고 너덜 너덜 무너져 갔다.

ㅠㅠㅠㅠ오오오오오오오오오오오오오오오옷!ㅠㅠㅠㅠ

칠흑의 갑옷이 벗겨져 떨어지고, 드러난 해골의 몸이 뿔뿔이 흩어졌다.

불사의 기사는 부서져 흩어지며 먼지가 되어갔지만…… 그들은 어쩐지 해방된 것 같은, 기분 좋게 들리는 목소리를 흘렸다.

"하아, 하아…… 정화 완료입니다."

신성술을 발동시킨 밀리시아가 이마를 땀으로 적시면서 안도의 한숨을 내쉬었다.

"신의 적인 언데드에게 성역은 독 늪이나 마찬가지. 이거라면, 그 리빙 데드도 무사히 끝날 리가……."

"과연…… 상당히 훌륭한 마법 아닌가."

"으……!"

밀리시아는 승리를 확신했지만, 귓불을 때리는 남자의 목소리를 듣고 눈을 크게 떴다.

마을 중앙에 있는 거목 아래. 성역의 빛을 뒤집어쓰면서 리치 청년이 태연하게 서 있었다.

자세히 보니…… 남자의 몸은 희미하게 보라색 막 같은 것으로 감싸여 있었는데, 정화의 힘을 가진 빛을 차단하고 있었다.

"거기 있는 여자, 고위 신관이었나……. 참으로 지긋지긋한 일이야."

"그럴 수가……, 어떻게 성역의 힘을……?!"

"상극의 힘을 부딪쳐서 상쇄하고 있을 뿐이다. 어려운 일은 아니잖나?"

벤하렌이 시시하다는 듯이 담담한 말투로 말했다.

"설마, 신성술이 안 통하다니……!"

"과연, 신성술을 지울 만큼의 '죽음'을 두른 건가. 역시나 리치. 불사의 왕이잖아……!"

밀리시아는 필사적인 공격을 막혀서 망연자실했지만, 카임은 반대로 수긍하며 눈을 가늘게 떴다.

신성술에 의한 '빛'의 힘과 언데드가 가진 '죽음'의 힘은 서로를 없애며 상쇄하기 마련이다. 벤하렌은 신체의 주위에서 '죽음'을 계속 방출함으로써, 신성술의 힘으로부터 몸을 지킨 것이다.

"큭……, 원통해요……."

"공주님?!"

마력을 다 썼는지 밀리시아가 무릎을 꿇었다. 렌카가 황급히 주군에게 달려가 쓰러질 뻔한 밀리시아의 몸을 지탱했다.

그와 동시에 주위 일대를 뒤덮었던 성역의 빛이 사라졌다. 술자의 마력이 다 떨어져서 효과가 사라진 것이리라.

"그쪽 신관은 이미 쓸모없는 모양이로군. 아무래도, 승부는 이미……."

"안 났어."

"으윽?!"

"흥!"

카임이 펼친 주먹 공격이 벤하렌의 몸체에 꽂히자, 실체가 없을 리치의 몸이 날려갔다.

"마력을 두른 주먹이라면 대미지가 있다고 했었지? 그렇다면, 바라는 대로 죽을 때까지 때려 줄게."

"네놈……!"

"물론, 신성술만큼의 효과는 없겠지만…… 널 지켜주는 병사는 이미 없다고!"

카임이 쓰러진 벤하렌에게 주먹의 비를 퍼부었다.

마력을 두른 타격이라면 영체인 언데드에게도 효과는 있다.

벤하렌은 아까처럼 마법을 써서 보이지 않는 벽을 만들어 방어했지만…… 그렇다면 차단벽이 깨질 때까지 계속해서 때리면 된다. 몇 발이고 몇십 발이고 타격을 펼치자, 이윽고 마법의 벽이 산산이 부서졌다.

"커헉……!"

타격의 비가 벤하렌의 온몸을 때렸다. 충격을 받아 지면에 금이 가고 땅이 작게 함몰했다.

"이게…… 우쭐대지 마라!"

"음……?"

"【드레인 터치】."

벤하렌이 어둠을 두른 오른손으로 카임의 어깨를 움켜쥐었다.

그 손에 잡힌 부분에서 힘을 빨려 들어가는 것 같은 감각. 생명력을 흡수당하고 있다.

"그대로 바짝 말라라! 왜소한 인간……."

"훗!"

"커억?!"

카임이 마력을 두른 손으로 벤하렌의 팔을 움켜쥐고 그대로 힘껏 비틀어 올렸다.

영체일 터인 팔이 인체의 가동 범위를 넘어가 비틀려 그대로 뜯어졌다.

"그ㅇㅇㅇㅇ윽……?!"

"투귀신류(鬪鬼神流)──【응룡】!"

카임은 벤하렌의 복부에 오른손을 밀어붙이고, 발경과 함께 충격파를 쏘아 넣었다.

투귀신류 기본 형태──【응룡】.

발경으로 영거리에서 충격을 때려 넣는 기술. 사정거리가 짧기는 하지만, 기본 형태 중에서는 가장 파괴력이 뛰어났다.

쏘아 넣은 충격이 영체의 체내에서 폭발하자 벤하렌의 절규가 터졌다.

"가아아아아아아아아아아아아아악?!"

만약 살아 있는 몸이었다면 내장이 너덜너덜 터졌을 충격을 받고, 벤하렌의 몸체가 사방에 뿔뿔이 흩어졌다.

처치했다……. 카임은 그렇게 확신했지만, 뿔뿔이 흩어진 영체가 조금 떨어진 곳에 집결해서 재생했다.

"으……익…… 이게, 잘도오……, 잘도, 위대한 왕인 나를……!"

"칫……, 아직 살아 있는 건가. 끈덕진 놈이로군."

리치에게 '살아 있다'라는 표현도 이상한 말이지만, 벤하렌은 아직 소멸하지 않고 존재를 유지하고 있었다.

육체를 가지지 않은 리치에게 마법이나 타격은 치명타가 되지 않는다. 그렇다고 해도……, 마력을 두른 공격을 그만큼 퍼부었으니 슬슬 죽어도 좋을 텐데.

"어지간히 이 세상에 미련이 남은 건가? 적당히 승천하는 편이 편할 텐데."

"……나의 나라를 침공해, 멸망시킨 제국을 살려둘 수는 없다. 나라를 지키기 위해서 죽어간 병사들의 원통함은, 무참하게 살해당한 백성의 절망은, 왕인 이 몸이 풀어줄 것이다……!"

벤하렌의 몸에서 막대한 마력이 흘러나왔다. 아까 전까지와는 비교가 되지 않는, 화산의 분화 같은 마력의 방출이다.

"아직 이런 힘을 숨기고 있었던 건가……?!"

"지긋지긋한 제국의 본거지에 침공하기 위해 간직해 놓은 힘이지만…… 네놈은 힘을 아낄 수 있는 상대가 아닌 모양이로군! 열과 성을 다해 죽여서, 그 혼을 먹어 치워 주마!"

"훗!"

카임은 지면을 박차고서 탄환처럼 튀어 나갔다.

벤하렌이 뭔가 하기 전에 결판을 내겠다. 그런 의도로 단숨에 거리를 좁혔다.

"느리다!"

"…………!"

하지만, 고작 한 끗 차이로 타이밍이 늦었다.

카임이 공격을 펼치기보다도 살짝 빠르게, 벤하렌의 마법이 발동했다.

"명부여, 현현하라——【데스 판데모니움】!"

"으······!"

그 순간, 카임은 몸의 심지까지 얼어붙는 것 같은 '죽음'을 느꼈다.

벤하렌을 중심으로 해서 검은 반구 형태의 돔이 출현해 카임을 내부에 가뒀다. 전방위에서 전해져 오는 농밀한 '죽음'의 기척을 느끼고 카임이 크게 혀를 찼다.

"여기는······ 당했군. 녀석의 술법 안에 가둬졌나?"

주위를 둘러보자 어디까지고 깊은 암흑이 펼쳐져 있었다. 벤하렌의 모습은 없는데, 여기저기에서 농밀한 기척만이 전해져왔다.

이 감각은 기억이 있다······. 일찍이 '독의 여왕'과 대면한, 그 보라색 공간과 매우 비슷하다.

"나만 가둬진 건가. 불행 중의 다행이로군."

주위를 둘러보았지만 동료들의 모습은 보이지 않았다.

전투하는 사이에 그녀들과 거리가 떨어지고 말았기 때문에, 동료들은 벤하렌의 술법에 가둬지지 않은 것이었다.

『크크크······. 이번에야말로, 승부가 난 모양이로군.』

"음······?"

어디에선가, 벤하렌의 목소리가 울려 퍼져 왔다. 목소리가 난 방향을 찾았지만······ 전혀 방위를 파악할 수 없다.

"······이번에는 숨바꼭질이냐. 아까 전까지 다 죽어가던 주제에 꽤 여유롭잖아."

『여유롭다마다. 네놈은 이미 접시 위에 올라간 디너와 마찬가지. 언제든지 죽일 수 있으니까!』

카임의 말을 듣고, 벤하렌은 비꼬는 투로 득의양양한 비웃음을 보였다. 아까까지 궁지에 몰려 있었는데도 압도적인 여유가 배어 나왔다.

"……어지간히 이 기술에 자신이 있는 모양이로군. 이미 이긴 줄 아냐."

카임은 벤하렌의 기척을 찾으면서, 자신을 가둔 검은 돔을 관찰했다. 돔 내부는 농밀한 '죽음'의 기척으로 가득 차 있어서, 마치 관 속에 들어간 것 같은 기분이었다.

'……밀리시아가 썼던 성역과도 비슷하지만, 역시 '독의 여왕'의 세계에 가깝군. 즉, 여기는 놈의 정신세계라는 뜻인가?'

『그럼…… 이미 충분히 공포에 떨었을 테니, 슬슬 죽이기로 할까.』

벤하렌의 거만한 웃음소리가 들려왔다.

『이 공간은 나 그 자체. 언제든지 네놈의 혼을 베어낼 수 있다.』

"혼을 베어낸다……."

『그렇다마다! 내가 그럴 마음을 먹으면, 네놈의 혼은 한순간에 공간을 채우는 '죽음'의 손에 의해서 빼앗겨, 나의 체내에 거둬들여지게 된다! 이미 네놈은 나의 적이 아니다. 그저 디너의 멋진 메뉴가 된 것이라고!』

과장이나 협박은 아니리라. 주위에서 전해져 오는 '죽음'의 기척이, 벤하렌의 말이 진실이라는 사실을 대변하고 있었다.

"……그만두는 편이 좋다고 충고해 두지. 내 혼은 너에게 힘겹다고."

『목숨 구걸이냐? 득의양양하게 나를 후려쳤는데, 꼴사납군!』

"아니, 그런 건 아니지만……."

『그러면…… 슬슬 식사하도록 하지. 네놈은 인간치고는 재미있었다!』

'죽음'에 감싸인 어둠 속, 거대한 입이 눈앞에 나타났다.

날카로운 송곳니가 난 입이 카임에게 육박해, 그 몸과 함께 혼을 삼키려고 했다.

『잘 먹겠습니다……!』

"으……!"

거대한 입이 카임을 삼켰다. 손가락 하나도 움직일 수 없어서 저항은 불가능했다.

"크윽……!"

『크하하하하하하하하핫! 참으로 농후한 혈육. 달콤하고 향긋한 향이다! 이렇게까지 감미로운 향이 나는 인간은 처음 먹어본다!』

와그작와그작 씹어 부수는 소리가 난다. 피부가 찢어지고, 살점이 깎이고, 뼈가 깨지고…… 온몸을 찢어발기는 것 같은 통증이 퍼진다.

"…………!"

그리고 그 순간이 찾아왔다.

드러난 카임의 혼에 벤하렌의 송곳니가 박혔다.

맛본 적 없는 통증과 불쾌함이 카임을 덮쳤다.

혼에 어금니가 꽂히고, 마력의 근원인 근원적인 에너지가 빨려간다.

『이건 뭐냐?! 농후한데 상쾌하군. 향긋한 향이 온몸의 세포를 채워간다! 그러면서 씹으면 씹을수록 감칠맛이 배어 나오는 혼이라니!』

흐려져 가는 의식 속에 불쾌한 칭찬이 들려왔다. 마치 온 세상의 진미를 다 맛본 미식가처럼, 벤하렌이 기쁨의 함성을 질렀다.

『멋지다, 멋지다고! 이렇게까지 맛있는 혼은 삼천세계를 다 뒤져도 두 번 다시 만날 수 없을 것이다! 이 맛, 이 향은 그야말로 천상의 오오오오오오오에에에에에에에에에에에에에에에에 에엑?!』

하지만…… 칭찬의 말이 도중부터 구토로 바뀌었다.

일대를 뒤덮었던 검은 돔이 마치 풍선이 터지듯이 부서져 버리고, 주위의 풍경이 원래대로 돌아간다.

"푸하앗!"

자신을 삼켰던 거대한 입이 사라지자 카임이 해방되었다.

몸에 통증은 없다. 오체를 찢겨서 먹히는 감각은 있었지만…… 육체에는 상처 하나 없다. 아무래도 벤하렌이 마법으로 보여준 환상통이었던 모양이다.

"카임 님! 무사하셨나요?!"

검은 돔에서 해방된 카임에게 티가 달려왔다.

카임은 일어서서 가볍게 손목을 털며 몸 상태를 확인했다.

"문제없어……. 나는 말이지."

"우웩, 오엑, 콜록콜록……. 우웨에에에에에에에에에에에에에에엑."

"저쪽은 그렇지도 않은 모양이로군. 불쌍하네."

벤하렌이 조금 떨어진 지면에 몸을 웅크리고서 격렬하게 구토하고 있었다. 영체인 리치가 지면에 혈액과 비슷한 토사물을 흩뿌리고서 온몸을 경련하며 몸부림치고 있다.

"뭐, 냐. 네놈의 혼은……. 우으으으으으으윽! 서, 설마, 혼에 독이라도 가지고 있다는 거냐아……?"

"유감스럽게도 그 말이 맞아."

카임이 상대를 동정하듯이 어깨를 으쓱였다.

"나는 '독의 여왕'과 융합해서 힘을 거둬들였어. 피나 육체는 물론이고, 혼도 독이 있지. 삼켜서 무사하리라 생각하지 말라고."

아까 전, 벤하렌은 【드레인 터치】라는 기술로 카임의 생명력 일부를 빨아들였지만…… 그것과는 사정이 다르다. 독에 오염된 혼에 송곳니를 박아 세움으로써, '독의 여왕'의 힘을 고스란히 뒤집어쓰고 만 것이다.

"'독의 여왕'……. 설마, '마왕급' 괴물인가?!"

벤하렌이 아연실색해서 외쳤다. 지면을 설설 기면서, 그 얼굴을 공포로 일그러뜨렸다.

"말도 안 돼……. 단독으로 나라를 멸할 수 있는 마왕의 힘을 거둬들이다니, 인간 따위가 할 수 있을 턱이 없어……. 네놈은 정말로 인간우어어웨에에에에에에에에에엑."

말하는 도중에 벤하렌이 다시 구토했다. 이미 말하기도 여의
찮은 모양이다.

"언데드에게는 독이 거의 안 통하지만……. 혼을 직접 받아들
이면 무시할 수는 없는 모양이로군."

설마, 이런 결과가 나올 줄은 몰랐다.

그 나름대로 좋은 승부를 벌였는데…… 마지막 승부수가 자폭
이 될 줄이야.

"예상 밖의 결말이로군……. 이런 형태로 이길 생각은 없었
는데."

"오에에에에엑, 우웨에에에에에에엑……."

벤하렌의 영체는 보라색으로 변색해서, 내버려 둬도 독으로
소멸할 것 같은 상태이다. 이 이상 추가 공격은 필요 없어 보이
지만…… 카임은 천천히 걸어서 다가갔다.

"아아……, 미안해. 사과해 둘게."

"우웩……."

"사죄라고 하기엔 뭣하지만…… 이 이상, 괴롭지 않도록 숨통
을 끊어줄게. 이제 귀신이 돼서 나오지 말라고."

카임은 본의 아닌 결말이 되고 말았던 점을 사과하고 나서, 벤
하렌의 머리 부분에 압축 마력을 두른 주먹을 후려쳤다. 벤하렌
을 구성하던 영체가 뿔뿔이 흩어지고…… 이번에는 두 번 다시
재생하지 않고 사라졌다.

"……끝난 모양이네요."

마력을 다 써서 쓰러졌던 밀리시아가 일어나 한숨을 섞으며

말했다.

모험가로서의 첫 임무는 끝났다. 마을을 멸하고, 살고 있던 사람들을 좀비로 바꾼 리치는 흔적도 없이 소멸한 것이다.

○　　○　　○

벤하렌을 쓰러뜨리자 마을을 뒤덮었던 안개가 사라졌다. 역시 자연현상으로 인한 안개가 아니라 마법으로 만들어 냈던 것인 모양이다.

안개가 개인 마을에는 다 무너져 가는 가옥이 허무하게 남아 있다. 마을 사람의 시체는 없었다. 좀비로 변한 후 밀리시아의 신성술로 정화되어 먼지로 변했기 때문이다.

카임 일행은 의뢰를 마쳤지만…… 바로 돌아가지 않고 잠시 마을에 머무르게 되었다.

"죄송해요, 카임 씨. 돌아가기 전에 마을 사람들을 애도해 주고 싶어요."

신관이기도 한 밀리시아는 무참하게 변해버린 마을을 보고서 그런 말을 꺼냈다.

"일시적인 위안이기는 하지만…… 간단한 진혼 의식을 하고 싶어요. 마력이 회복될 때까지, 잠시 시간을 주시겠어요……?"

"나는 별로 상관없지만…… 시간은 얼마나 걸릴 것 같아?"

"두세 시간 정도 쉬면 회복할 수 있을 거예요."

"그럼, 적당히 시간을 때워둘까……."

무사히 남은 가옥에 밀리시아를 쉬게 하고, 카임은 폐허가 된 마을을 나왔다.

여기가 평범한 마을이라면 천천히 둘러볼 참이지만, 조금 전까지 죽은 자의 마을이었던 장소를 관광할 마음은 들지 않았다.

"카임 경! 카임 경!"

"응……?"

마을 끝에 있는 건물 그늘에서 렌카가 손짓을 해왔다.

카임은 의아하게 생각하면서 렌카가 있는 곳까지 걸어갔다.

"왜 그러지, 렌카. 밀리시아 곁에 안 있어도 되는 건가?"

"공주님이라면 티에게 맡겼다……. 그보다, 잠시 중요한 할 말이 있는데."

"중요한 할 말……?"

무슨 말일까? 밀리시아나 티가 없는 곳에서 일부러 하는 것이니 어지간히 중요한 용건이리라.

"실은…… 리치에게 멸망한 마을을 보고서 깨달은 점이 있다."

"깨달은 점……, 리치가 나온 원인이라든가?"

"아니, 미안하지만 그게 아니야. 좀 더 중요한 일이다…….'

렌카가 진지한 표정을 짓고서 카임을 똑바로 바라보며 말했다.

"이곳에서라면…… '산책 플레이'를 할 수 있을지도 모른다!"

"…………뭐?"

렌카가 진지한 표정을 지은 채 꺼낸 말을 듣고, 카임은 입을 떡 벌렸다.

산책 '플레이'……, 들어본 적 없는 말이다.

"……그게 뭐야?"

"뭔지 모르는 건가? 즉, 이런 거다."

렌카는 짐에서 짤그락짤그락 무언가를 꺼내 카임에게 보여주었다.

"이건……."

"개 목걸이와 리드다."

렌카가 꺼낸 그것은 대형견용 목걸이와 쇠사슬이었다.

기막힌 카임의 손에 쇠사슬 끝을 쥐여주고, 반대쪽에 달린 개 목걸이를 망설임 없이 자신의 목에 감았다. 이윽고 개 목걸이를 감은 미녀를 산책시키는 청년이라는 구도가 완성됐다.

"좋아, 완성이다!"

"완성은 무슨 얼어 죽을!"

오히려 끝장났다.

인간으로서의 존엄이라든가 다양한 것이 끝나 있었다.

"카임 경, 진정해라. 이 마을에는 우리 말고 아무도 없다."

"그러니까 뭔데!"

"여기서라면, 쇠사슬을 차고서 당당히 산책할 수 있다는 뜻이다!"

부끄러움도 없이 렌카가 단언했다.

"긍지 높은 기사인 내가, 남 앞에서 쇠사슬을 차고서 산책할 수는 없지. 하지만…… 어떠냐. 이 마을이라면, 비슷하게나마 마을 안을 산책하는 기분을 맛볼 수 있지 않나!"

"알 게 뭐야! 네 어디가 긍지 높은 기사냐!"

기사란 주군을 섬기는 충실한 개라는 모양이지만, 렌카의 경우는 명백히 '개'에 담긴 뉘앙스가 다르다.

"죽은 마을 사람들이 울 거라고……. 아니, 어쩌면 기뻐할까?"

만약 여기에 그들의 영혼이 있다고 치고서…… 남성이라면, 오히려 기뻐할 가능성도 있다.

그렇다고 해도 죽은 자에 대한 모독임은 틀림없지만.

"돼, 됐으니까 산책하자. 리드를 당기고서 같이 걸어주기만 하면 되니까……."

"……정말로 그것뿐이지?"

"그래!"

"…………."

카임은 어이없어하면서도 그 정도라면 괜찮겠다고 생각하며 한숨을 뱉었다.

어차피 아무도 보지 않는다. 이전처럼 몸을 묶으라고 요구하는 것보다는 낫다.

"그럼, 냉큼 끝내자."

"멍!"

리드를 당기자, 렌카가 기운 좋게 울었다.

목걸이를 찬 렌카, 리드를 든 카임. 두 사람은 나란히 마을 안을 걸어갔다.

그 광경은 상당히 기이해서 비정상적이었지만…… 그 점을 지적할 자는 없다.

마을을 빙글 한 바퀴 돌았다. 이것으로 끝이라고 생각했더니…… 렌카가 불만스럽게 눈살을 찌푸렸다.

"……안 되겠군. 생각 이상으로 흥분되지 않아."

"이봐……."

"역시, 완전한 개가 되어야만 하나……, 좋았어!"

말하기가 무섭게 렌카가 몸에 걸친 옷을 벗기 시작했다.

"잠깐……, 왜 벗는 건데!"

"무슨 말을 하는 거야! 개는 알몸으로 걷기 마련인데?!"

"알 게 뭐야! 되레 성내지 마!"

렌카는 기분 좋을 만큼 망설임 없이 탈의해서 눈 깜짝할 사이에 알몸이 되었다.

그리고 지면에 손발을 대고서 네 발로 선 자세가 되었다.

"좋아……, 이번에야말로 완성이다!"

"완성은 무슨. 진심으로 나락 밑바닥까지 끝장난 걸까……."

"사양할 필요는 없다. 이러고 산책하러 가자."

"넌 사양 좀 해라. 그보다, 자중해라."

알몸으로 넙죽 엎드려서, 목걸이와 리드를 찬 상태. 그야말로 개 그 자체의 모습이 된 렌카는 피부를 붉히며, "하아, 하아" 하고 거친 숨을 내뱉었다.

그녀는 빨리 출발하자고 꼬시듯이 엉덩이를 좌우로 흔들며, 카임을 유혹해 온다.

"……우리는 이 마을에 뭘 하러 왔지?"

알고 있다. 알 수밖에 없다. 이렇게 되어버린 렌카는 물러서지 않을 것이다.

전에 숲속에서 밧줄로 묶고서 안고 난 다음, 그녀는 완전히 욕망에 충실한 암캐가 되고 말았다.

티와 밀리시아도 비슷하지만…… 변태성에 관해서는 렌카가 단연코 뛰어나다.

"…………."

"멍, 멍멍!"

카임은 포기한 듯이 리드를 움켜쥐고서 마을 안을 걷기 시작했다.

기운찬 암캐의 울음소리가 마을 안에 울려 퍼졌다. 돌멩이가 있는 지면을 맨몸으로 기어가면 아플 텐데, 신경 쓰는 기색도 없이 마을 안을 나아갔다.

"멍, 멍."

"…………"

"멍멍!"

"…………이봐."

"머엉!"

"……이봐. 이제 슬슬 됐잖아? 적당히 만족하라고."

마음을 비우고서 두 바퀴째 산책을 마쳤지만, 렌카는 좀처럼 개 상태에서 돌아오지 않았다.

"끄응……."

그러기는커녕…… 엎드린 채로 엉덩이를 들어 올리며, 살랑살랑 좌우로 흔들기 시작했다.

뒤를 돌아보고서 올려다보며 아양 떠는 눈빛. 카임은 상대가

무엇을 요구하는지를 깨달았다.

"……약속이 다르다고. 산책만 하는 게 아니었던 거냐?"

"끄응."

"끄응은 무슨! 이 변태 암캐 기사가!"

"캐앵!"

혼내듯이 들어 올린 볼기짝을 때려 주었지만 그것은 역효과였다. 렌카는 황홀한 눈빛이 되어서 혀를 내밀고서 거칠게 숨을 쉬었다.

"……나는 모험가로서 일을 하러 왔을 텐데."

모험가는 카임이 어릴 적부터 동경하던 직업이다. 모처럼 꿈꾸던 직업에 취직했는데…… 대체 무엇을 하는 것일까?

"전투 후 여운이 완전히 망가지는데…… 어쩔 수 없군."

"커엉! 캐앵캐앵!"

한번 나쁜 일을 시작했으니 끝장을 봐야 한다. 카임이 바지를 벗고서 눈앞에서 흔들리는 엉덩이를 뒤덮자, 암짐승의 울음소리가 높다랗게 울려 퍼졌다.

"~~~~~ ♪"

"어흥…….'

"하아…….'

"………….'

마을에 소굴을 틀었던 언데드를 토벌하고서, 마을 사람의 장례도 마친 후…… 돌아오는 마차.

마부석에 앉아서 마차를 모는 렌카가 혼자서 기분 좋게 콧노래를 부르고, 짐칸에서 티와 밀리시아가 언짢은 듯이 도끼눈을 뜨고 있었다.

마찬가지로 짐칸에 있는 카임은 참으로 거북한 마음이 들어서, 여성진과 눈을 마주치지 않게끔 시선을 돌렸다.

"……렌카 씨만, 약았어요."

"……정말로 못 말리겠네요, 둘 다."

티와 밀리시아는 한숨을 내쉬면서도 괜한 추궁은 해 오지 않았다.

무사의 자비라는 걸까, 아니면 숙녀끼리의 협정이라도 맺은 것일까?

앞질러 간 렌카를 탓하지 않고, 그 대신이라는 양 카임에게 따지고 들었다.

"카임 님, 오늘 밤에는 티가 최우선이에요!"

"안 돼요, 오늘 공로자는 저니까 양보하세요!"

"봐 달라고, 너희들."

거리를 좁혀 오는 두 사람에게 질색하면서, 카임은 미간을 손가락으로 주물렀다.

"기운이 넘치네……. 언데드에게 멸망한 마을에 막 갔다 온 참인데, 그 밖에 뭐 생각해야 할 일은 없는 건가?"

"그거랑 이건 사정이 별개예요! 지나간 일은 잊고 긍정적으로 살아가는 거예요!"

"이미 마을 사람들의 제사와 기도는 마쳤어요. 게다가 현재를 살아가는 우리는 미래에 대해서 생각해야죠."

"그 미래가 오늘 밤의 이것저것이냐고……."

정말로 듬직하다고 해야 할까, 그렇지 않으면 음란하다고 직설적으로 말해야 할까.

그런 대화를 하고 있노라니 지알로 마을이 보이기 시작했다.

"아, 도착했군. 서둘러 내릴까."

"이야기는 나중에 해요, 카임 님."

"놓치지 않을 테니까 각오하세요?"

두 사람이 단단히 못 박는 소리를 들으면서, 카임 일행은 마치에서 내렸다.

"역시 피곤하군. 어서 길드에 보고를 마치고서 여관에서 쉬자."

카임 일행은 대여한 마차를 반납하고 나서 모험가 길드로 향했다.

길드 건물에 발을 들이자, 그곳에서는 많은 모험가들이 떠들어대서 어제와 다름없이 소란스러웠다.

하지만 카임 일행의 모습을 알아차리자마자 분위기가 확 바뀌었다.

"이봐, 저 녀석들은⋯⋯!"

"그래, A랭크 파티인 '검은 사자'를 쓰러뜨린 놈들이야."

이미 많은 모험가가 카임 일행에 대해서 알고 있는 모양인지 무수한 시선이 모여들었다.

"예쁘장한 남자 하나에 여자가 셋. 여자는 그 누구나 제도의 고급 창부에도 꿇리지 않는 미희뿐이야!"

"이봐, 노골적으로 눈길을 주지 마. 노여움을 사면 목숨을 잃게 될지도 모른다고."

"저 수인 여자. '검은 사자'에 속한 파계승의 눈을 멀게 해서 재기불능으로 만들었대!"

"놈들은 소행이 나쁘기는 했지만 틀림없는 일류 모험가였어. 그걸 거의 다치지 않고 쓰러뜨려 버렸으니까, 실력은 틀림없이 A랭크 이상이로군!"

모험가들이 카임 일행에게 경외와 공포를 담은 시선을 보내왔다.

"과연⋯⋯, 의외로 나쁘지 않을지도 모르겠군."

카임은 자신이 관심종자라고 생각한 적은 없지만, 이렇게 남에게서 칭찬과 두려움을 받는 것은 신기하게도 기분이 좋았다.

'저주받은 아이'로서 고향에 있었을 적에는, 남들 입에 오르면 늘 험담이나 모멸뿐이었기 때문이라는 이유도 있다.

"아, 어서 오세요."

접수 카운터까지 가자, 어제와 같은 접수원이 맞이해 주었다.

"의뢰 달성보고를 하러 왔다."

"네. 길드 마스터로부터 여러분이 오시면 들여보내라는 말을 들었습니다. 안쪽으로 들어가세요."

카임 일행은 접수대에서 길드 안쪽으로 들여보내졌다.

요전 날 들어갔던 응접실이 아니라 길드 마스터의 집무실이다.

"길드 마스터. 카임 님 일행분이 오셨습니다."

"들여보내."

접수원이 문을 두드리자 바로 응답이 돌아왔다.

문을 열자 20대 후반쯤 되는 연령의 정장 차림 미녀가 의자에서 일어서서 맞이해 주었다.

샤론 일다나. 실버 그레이의 머리카락을 등에 굽이치듯이 늘어뜨린 몸매 좋은 미녀이자, 오뚝한 콧날에 지적인 미모를 가진 사람이다.

"그쪽에 앉아. 당신은 차를 내와 줄래?"

"아, 네. 곧 가져올게요."

지시를 받은 접수원이 내려갔다.

카임과 밀리시아가 권유받은 소파에 걸터앉았고 티와 렌카가 그 뒤에 섰다.

"의뢰 달성보고였나? 그럼, 얘기해 줄래?"

"네, 알겠습니다."

밀리시아가 대표로 마을에서 있었던 일에 관해서 설명했다.

마법의 안개에 뒤덮였던 마을에 수십 체의 좀비가 있었던 사실.

좀비를 만들어 낸 것이 리치였다는 사실. 그 리치가 '벤하렌'이라는 이름을 대고, 자신이 이 토지의 왕이며 제국에 복수하겠다고 말했던 사실.

"…………."

샤론은 입을 다문 채로 이야기를 들었지만, 이윽고 우울하게 시선을 내리깔았다.

"그래. ……그렇구나. 이해했어요."

"뭔가 아시나요?"

"네……, 그 마을이랄까, 이 인근 지역에는 일찍이 '토테스 왕국'이라는 나라가 있었어요. 백 년 이상이나 전에 가넷 제국에 멸망 당해서 정복당했지만, 벤하렌이라는 건 그 나라의 마지막 왕의 이름이에요."

"토테스 왕국……, 역사서에서 읽은 적이 있어요. 언데드를 사역하는 사술을 다루는 나라였다고……."

"네……, 토테스 왕국의 왕은 멸망하고 나서도 악령이 되어서 재앙을 가져다줘서, 당시의 신관들이 사당을 세워서 봉인했다나 봐요. 분명, 그 마을 옆에 왕의 혼을 봉인한 사당이 있었을 텐데……."

"누군가가 그 사당을 부서뜨렸다는 소린가?"

카임이 접수원이 가져온 홍차를 한 모금 마시고 나서 대화에 가세했다.

"그런 놈을 부활시킨다고 치고, 이득을 볼 놈이 있을 것 같지는 않는데. 누가 무슨 목적으로 한 거냐고."

"…………."

카임의 물음을 듣고서 샤론이 입가에 손을 대고서 생각에 잠겼다.

"으음……, 의도적으로 파괴했다고는 단정 지을 수 없어. 세월이 지나서 열화로 부서져 버렸을지도 모르고, 우발적인 사고로 부서졌을 가능성도 있어. 물론, 사람을 시켜서 조사할 생각이지만……."

"만약 고의로 파괴되었다면, 제국에 대한 파괴 행위가 되겠네요……. 어쩌면, 우리 같은 귀족에게 원한을 품은 자의 범행일지도 몰라요."

샤론, 밀리시아의 표정이 나란히 어두워졌다.

만약 이번 사건에 흑막이 있다고 한다면…… 단순히 언데드로 인한 마물 피해라는 문제로는 그치지 않게 되고 만다.

"……뭐, 좋아. 이제부터 뒤는 우리 일이니까. 어쨌거나……수고했어."

샤론이 우울한 표정을 지으면서 카드 네 장을 테이블에 놓았다.

"이게 길드 모험가증이야. 랭크는 B랭크로 해뒀어."

"오오!"

카임이 카드를 손에 집었다.

얇은 금속제 카드에는 각각의 이름과 'B'라는 글자가 새겨져 있었다.

"B랭크 모험가쯤 되면, 웬만한 마을이나 관문은 통행세를 내지 않고 통과할 수 있어. 모험가로서의 신용도 높으니 정보 수집에도 도움이 될 거야."

"이거 고맙군. 고작 의뢰 하나를 처리하기만 해도 B랭크라니 인심이 후해."

"'검은 사자'와 리치를 쓰러뜨린 걸 고려하면 A랭크여도 문제 는 없어 보이지만…… 길드 지부의 재량으로 줄 수 있는 건 B까 지니까. 당신들이라면, 실적을 쌓으면 A랭크에도 S랭크에도 다 다를 수 있겠지."

"저까지 받고 말아서…… 정말로 괜찮은가요?"

밀리시아가 미안하다는 듯이 눈썹을 늘어뜨렸다. 밀리시아는 '검은 사자'와의 결투에는 참여하지 않았고, 신성술을 쓸 수 있 어도 전투 능력이 그다지 높지는 않다.

"괜찮아요. 밀리시아 전하께서도 신분증은 필요하시죠?"

샤론이 온화한 표정으로 미소 지었다.

"이름은 굳이 '밀리시아' 그대로 해두었어요. 전하께서 태어나 셨을 때, 태어난 아이에게 같은 이름을 붙인 분이 여럿 있었으 니 그대로 쓰는 쪽이 오히려 눈에 띄지 않을 거예요."

"배려, 고맙습니다."

밀리시아, 티, 렌카는 각각 길드증을 받았다. 이어서 건네받 은 보수 주머니에는 금화가 묵직하게 채워져 있었다.

이로써 보고는 끝났지만…… 또 하나, 물어봐야만 하는 일이 있다.

"그런데…… 가도 복구 쪽은 어떤가요?"

밀리시아가 물었다.

카임 일행은 어디까지나 제도로 향해 가는 도중에 이 마을에 들른 것이다.

하지만 이 앞의 가도가 산사태로 인해서 지나갈 수 없게 되었기 때문에 어쩔 수 없이 머무는 중이다.

"으음, 유감스럽게 가도의 복구에는 아직 시간이 걸릴 것 같네요."

"그런가요……."

"네, 생각 이상으로 피해가 심한 모양이거든요. 마물이 거처로 삼는 숲을 돌파하면 제도까지 금세 가겠지만…… 역시나 위험하죠."

"나라면 괜찮은데?"

"카임 씨가 강하다는 건 알지만…… 아마 어려울 거야. 그 숲은 마경, '공작급'에 상응하는 마물도 살고 있는 곳이니까. '워킹트리'도 배회해서, 안내인이 없으면 숲을 빠져나가기는커녕 살아서 밖으로 나오기도 어려운 미로의 숲이야."

'마경'이란 대지 밑바닥에 흐르는 영맥(靈脈)에서 마력이 뿜어지는 장소를 말한다.

동식물이 마력의 영향을 받아서 돌연변이를 일으켜, 평범한 숲보다도 훨씬 강력한 마물이 서식하고 있었다.

'워킹 트리' 또한 마경의 영향에 의해 변이한 식물 중 하나인데, 나무이면서 땅에 뿌리를 내리지 않고 여기저기를 걸어 다녀서 여행자를 헤매게 하는 성가신 존재이다.

"조금 더 이 마을에 머무르는 게 현명할 거야. 제도까지 상황을 살피러 보낸 모험가에게서 조만간 보고도 올라올 테고."

"가도가 봉쇄되었잖아? 그 모험가도 못 돌아오는 거 아닌가?"

"길을 통하지 않아도, 정보를 알리기만 하는 거라면 방법이 있어……. 뭐, 이것저것."

카임의 물음을 듣고 샤론이 모호하게 대답했다.

"오래 기다리게 하진 않아. 아마, 사흘쯤 있으면 제도 현 상태를 알게 될 거야. 모처럼이니까 이 마을을 즐겨 준다면 기쁘겠어. 여성용 전신미용이나 마사지도 있으니, 온천에라도 들어가서 느긋하게 있으면 어떨까?"

"오, 온천……."

카임은 살짝 얼굴을 굳혔다. 온천에는 그다지 좋은 추억이 없다. 세 마리의 암컷에게 습격받아서 여관 여주인에게 혼난 기억뿐이었다.

"뭐, 어쩔 수 없네요……."

"공주님……."

밀리시아가 초조한 기색으로 고개를 숙였고, 렌카가 걱정스레 주인의 어깨에 손을 얹었다.

제도에서는 밀리시아의 두 오빠…… 아서와 란스가 정쟁을 펼치고 있다.

싸움을 말리고 싶은 밀리시아로서는 한시라도 빨리 제도로 향하고 싶은 것이리라.

"급할수록 돌아가라는 말이 있어요, 밀리시아 씨. 초조해서는 안 돼요."

"……괜찮아요. 고맙습니다, 티 씨."

위로의 말을 건 티에게도 감사 인사를 한 다음, 밀리시아가 샤론에게 몸을 돌렸다.

"그럼 무언가 알게 되면 바로 알려주세요, 일다나 님."

"네, 물론이에요. 밀리시아 전하."

"그럼 이만."

카임 일행은 인사를 나누고서 모험가 길드를 뒤로했다.

"이것 참…… 여관에 돌아가서 푹 쉴까……."

"온천에 들어가요! 만끽이에요!"

"……남녀 따로따로야. 절대로 이제 같이 안 들어갈 거라고."

카임이 기운 좋게 제안해 오는 티에게 거듭 확인했다. 온천에서 한바탕 하고 만 탓에, 다음에 노천온천을 더럽히면 출입을 금지하겠다고 못을 박혔다.

"나는 공용 욕실에서 할게. 방에 설치된 욕조는 너희끼리만 써!"

""""으으…….""""

허탈한 카임의 대답을 듣고, 티뿐만이 아니라 밀리시아나 렌카까지 불만스럽게 입술을 삐죽였다.

○　○　○

카임 일행은 잠시 더 지알로 마을에 머무르게 되었지만, 하루 종일 여관에 틀어박혀 있을 수도 없다.

그날은 여성진이 기분 전환도 할 겸 이 마을에 있는 미용 시설을 방문했다.

진흙을 사용한 팩이나 마사지, 때밀이 등. 온천 시설과 병설해서 세워진 모양인데, 아침 일찍부터 나갔다.

유일한 남성인 카임은 드물게 하루 자유로워졌기 때문에, 혼자서 적당히 마을 안을 산책하기로 했다.

'흐음……, 꽤 관광지로서 번성하고 있군.'

마을 큰길을 어슬렁어슬렁 둘러보면서 카임은 멍하니 생각했다.

여태까지 깨닫지 못했는데, 지알로 마을의 큰길에는 바깥에서 찾아온 여행자 같은 사람들이 잔뜩 있고, 거리에 나온 가게도 관광객을 대상으로 한 상품이 많다.

"어서 와. 온천 달걀, 먹고 가!"

"삶은 달걀인가? 이런 곳에서?"

노점에서 팔던 상품을 보고 카임이 의아한 표정을 지었다. 노점의 가게 주인이 호쾌하게 웃으면서 나무 쟁반에 든 달걀을 내밀었다.

"온천 달걀이야. 깨보면 알아."

"…………?"

카임은 가게 주인의 말대로 나무 쟁반 모서리에 달걀을 두드려서 깼다.

깨진 껍데기 안에서 걸쭉하게 반액체 상태인 흰자에 감싸인 부드러운 노른자가 흘러나왔다.

"이건…… 날것은 아니겠지?"

"온천에서 삶은 달걀이야. 적당하게 굳어서 평범한 달걀보다도 눅진눅진하니 맛있어."

가게 주인이 나무 쟁반 위의 눅진눅진한 달걀에 황금색 기름을 뿌리고 숟가락을 건네줬다.

카임이 머뭇머뭇 달걀을 퍼서 입에 옮기자…… 혀 위에서 녹아드는 식감과 함께, 적당한 짠맛과 기름기가 후루룩 목 안으로 흘러들어 왔다.

"맛있군……!"

"그렇지? 이쪽 튀긴 달걀도 먹어봐."

이어서 건네받은 음식은 기름에 튀긴 달걀이었다. 온천 달걀보다도 원형은 유지하고 있지만…… 카임이 입에 옮기자 바삭한 식감 뒤에 뜨거운 노른자가 걸쭉하게 입안에 퍼졌다.

온천 달걀과 언뜻 보아 비슷하나 다른 식감과 맛. 어느 쪽이고 태어나서 처음 먹는 음식이었다.

"같은 걸 하나씩 더 줘."

"알았어! 잠시만!"

가게 주인이 활기차게 대답하고서 추가로 건네주었다.

"저쪽에 에일을 팔고 있으니까 같이 먹으면 좋아. 술안주로도 어울리니까."

"그렇게 해보지. 고마워."

가게 주인에게 감사 인사를 하고서, 다른 노점에서 팔던 술을 구입했다.

다른 노점에서 새 꼬치구이나 민물고기 꼬치구이 등도 팔길래 적당한 공간에 걸터앉아 에일과 함께 해치웠다.

"푸하앗!"

노점에서 산 요리를 먹고, 에일을 단숨에 마시고…… 부족해져서 추가로 구입하고, 또 술을 마신다.

'독의 왕'인 카임은 독물에 대해서 절대적인 내성이 있어서, 술을 아무리 마셔도 적당히 거나하게 취한 기분으로 있을 수 있다.

마을 안에 앉아서, 에일을 사서는 마시고, 사서는 마시고…… 낮부터 일도 하지 않고서 술을 마시는 못난 사람 같은 모습이 되어 있었다. 주위 관광객 중에는 걸어 다니며 술이나 요리를 먹는 자가 적지 않지만, 카임만큼 본격적으로 연회 상태가 되지는 않았다.

'어쩐지…… 이것저것 끝장난 기분이 들기 시작하는군. 주위 시선 따위는 아무래도 좋지만.'

딱히 이 마을에 눌러살 것도 아니니, 마을 주민이 어떻게 생각하든지 알 바는 아니었다.

적어도…… 노상에서 산책 플레이를 하는 것에 비하면 훨씬 나으리라.

"어머, 카임 씨잖아."

"……응?"

누군가가 말을 걸어서 고개를 들자, 어제도 만났던 샤론 일다나의 모습이 있었다.

오늘의 샤론은 정장이 아니라, 캐주얼한 블라우스와 와이드 팬츠를 몸에 걸치고 있다. 복장으로 보아 휴일일지도 모른다.

"마을을 즐겨 달라고 말하기는 했지만…… 예상보다 더 만끽하는 모양이네."

샤론이 머리카락을 손가락으로 올리면서 씁쓸하게 웃었다.

카임이 이렇게까지 관광지에 푹 빠졌을 줄은 역시나 생각 못했으리라.

"다른 분들은 별개 행동이야?"

"그래. 셋 다 아침부터 전신미용인지 뭔지를 하러 갔어."

"아아, 그렇구나. 이 마을에 있는 진흙팩 같은 건 정말로 피부가 매끈매끈해지니까 추천이야. 카임 씨도 같이 가면 좋았을 텐데."

"……좀 봐줘. 미용 같은 건 흥미 없다고."

연인이 예뻐지는 건 좋은 일이지만, 자신이 모르는 놈의 손에 몸 여기저기를 마사지 받는다니 생각하기만 해도 낯간지럽다. 그런 것은 밤 플레이만으로 충분하다.

"흐음? 그럼, 모처럼이니까 나랑 자리를 옮겨서 한잔할래? 나도 때마침 혼자고…… 좋은 칵테일을 내주는 가게를 아는데?"

"칵테일이라……. 뭐, 나쁘지 않나."

슬슬, 에일에 질리기 시작했을 무렵. 다른 술을 마시고 싶었던 참이다.

"좋아. 안내해 줘."

"그래, 그럼 갈까."

에일이나 음식의 잔해를 적당한 쓰레기통에 던져넣고서, 샤론이 자연스러운 움직임으로 카임의 팔에 자신의 팔을 휘감아 왔다.

티를 비롯한 여성진과 팔짱을 낀 적은 있었지만, 그녀들이 하는 것처럼 팔을 꽉 조여오지는 않는다. 정말로 자연스러운 팔짱이었다.

'남자에게 에스코트 받는 데 익숙한 거겠지……. 그야말로 성인 여자야.'

옆에서 코를 간질여 오는 향수의 냄새. 위팔에 살짝 닿는 부푼 가슴.

카임과 샤론은 어느 쪽이 에스코트하는지 모를 방식으로 마을 안을 걸어가, 뒷골목에 있는 작은 주점으로 들어갔다.

"작지만, 술은 무척이나 맛있어. 숨은 명당 같은 가게지."

"흐음……, 분위기는 싫지 않네."

큰길에 있는 소란스러움이 끊이지 않는 주점과는 다르게, 고요하고 조용한 분위기의 바이다.

"어서 오세요."

나이 지긋한 가게 주인이 카운터 안쪽에서 유리잔을 닦고 있었다. 다른 손님의 모습은 없다.

카임과 샤론은 카운터에 나란히 앉았다.

"뭐 마시고 싶은 건 있어? 누나가 사줄게."

"칵테일 같은 고급술은 마셔본 적이 없으니까 맡길게."

"그래? 그럼, 마스터. 추천하는 술을 줘요."

"알겠습니다."

가게 주인이 고개를 끄덕이고서 셰이커에 여러 액체를 흘려 넣었다. 샤샥 기분 좋은 소리를 내며 셰이커를 위아래로 흔들고 나서 유리잔에 따랐다. 마무리로 올리브를 곁들여서, 카임과 샤론의 앞에 내밀었다.

"자, 마티니입니다."

"마스터가 내주는 술에 꽝은 없어. 어서 마셔."

"그래, 마시지."

에일과는 다르게 투명에 가까운 색의 술이다.

유리잔을 들어 올려서 입에 가까이 대자, 상쾌한 허브 향이 코를 간질였다.

"흠……."

천천히 입에 흘려 넣자, 의외로 알코올 도수가 강하고 깔끔한 맛이 혀를 자극한다. 상쾌한 씁쓸함이 있으면서도 산뜻한 뒷맛이 푹 빠져들 것 같다.

"맛있어……. 처음 마시는 타입의 술이로군."

"그렇지? 이 칵테일은 나도 마음에 들어."

샤론이 유리잔을 가볍게 흔들어 향을 즐기고 나서 입을 댔다.

꿀꺽꿀꺽 목을 울리며 칵테일을 흘려 넣고, 입댄 곳에 찍히고만 루주를 아무렇지 않게 손가락으로 닦았다.

"…………."

그저 유리잔에 든 술을 마시기만 하는 동작이 묘하게 그럴싸하다.

일거수일투족이 세련되었달까, 성인 여성의 고상함이 있었다.

'밀리시아의 테이블 매너 같은 것도 굉장히 아름답지만, 종류가 다르지…….'

"후우……, 맛있어. 한 잔 더 어때?"

"마실까."

마스터가 추가로 칵테일을 내밀었다. 카임과 샤론은 한 잔, 두 잔, 세 잔 연이어서 나오는 술을 마셔 나갔다.

카임은 물론이지만…… 의외로, 샤론도 상당한 주당인 모양이다.

나름대로 독한 술인데 카임과 같은 페이스로 마셨다.

"그런데…… 당신은 그분과 같이 마을을 떠나 버리는 거야?"

"그분…… 밀리시아 말인가?"

"응, 그분이야."

마스터도 있으니 굳이 '황녀'라는 호칭을 피하는 모양이다.

"그럴 생각이야. 나는 그 녀석에게 고용된 호위니까."

"그래……, 아쉽게 됐네. 장래가 유망한 모험가가 들어와 주는 줄 알았는데."

"우수한 모험가라면 그 녀석들이 있잖아? '검은 사자'라고 했나?"

"유감스럽게도 그들은 이제 없어."

샤론이 유리잔에 남은 올리브를 흔들면서 어깨를 으쓱였다.

"당신들과 벌인 결투에서 지고 난 다음 바로, 그들은 다른 마을로 이주하고 말았어. 모험가도 아닌 일반인에게 시비를 걸어 결투를 도전하고, 급기야 참패했다는 수치를 견딜 수 없었던 모양이야."

모험가 길드에 들어갔을 때, 카임 일행을 보고서 많은 모험가들이 수군수군 이야기하고 있었다.

승자인 카임 일행에게 외포와 칭찬이 쏟아진 것처럼, 패자에게 또한 비웃음이 주어졌으리라.

"'검은 사자'의 멤버 중, 리더인 검사와 척후직인 남자가 이웃 마을에 이적했어. 남은 한 사람은 부상으로 모험가를 은퇴하게 되었지."

"그거, 미안하게 됐군."

"딱히 책망하는 건 아니야. 그건 그들의 자업자득이었으니까."

샤론이 올리브를 집어서 입에 던져넣고, 천천히 혀 위에서 굴리고 나서 과육을 어금니로 깨물었다. 그리고 카임에게 보이지 않게끔 손으로 가리면서 씨를 꺼냈다.

"그들은 여성 모험가나 의뢰인에게 시비를 걸어서 이것저것 문제를 일으켰어. 조만간 돌이킬 수 없는 문제를 일으키리라고 생각했으니까, 그 전에 처리해서 다행이야. 물론 전력이 줄어들어 버린 건 부정할 수 없지만."

"아아……, 그래서 나를 꼬신 건가."

카임은 이해가 가서 고개를 끄덕였다.

어째서 갑자기 술을 마시자고 꼬셨나 했더니…… 카임에게 권유를 하고 싶었던 모양이다.

"미안하지만…… 이 마을에 남을 생각은 없어."

"역시, 그녀와 연인 사이야?"

"……노코멘트야."

황녀와의 대담한 연애를 간단히 인정할 수도 없어서, 카임은 애매하게 말을 얼버무렸다.

그 대답을 듣고 샤론은 키득키득 웃고는 카운터 위에 팔꿈치를 대고 손위에 턱을 괴었다.

"미안하지만 다 들통났어. 남녀 사이란 건 거리감을 보면, 제법 간단히 알 수 있는 법이니까. 그 세 사람과 당신의 거리는 명백히 육체관계가 있는 가까움이지."

"…………."

"설마, 그 정도의 미희를 셋이나 손에 넣다니…… 당신도 제법 하는 남자네."

"……나를 권유하고 싶은 건지 헐뜯고 싶은 건지, 하나만 해 달라고."

"농담이야. 이 마을에는 온천도 있어서 관광지로 번성하고 있으니까, 때때로 좋으니 놀러 와줘. 오는 김에 일을 맡아주면 기쁘겠어."

"…………생각해 두지."

이 마을의 온천은 마음에 들었고, 가끔이라면 들러도 좋으리라.

여행의 목적은 밀리시아를 제도까지 데려다주는 것. 할 일을 처리하면 어떻게 할지, 아직 정하지 않았으니까.

"후우……, 취기가 돌기 시작했나 봐. 집까지 바래다줄래?"

"……별로 상관없지."

본심을 말하자면 좀 더 몇 잔 마시고 싶은 참이지만…… 술에 취한 여성을 혼자서 돌려보낼 수는 없다는 사실은 카임도 안다.

알코올이 들어가서 발그레 피부를 물들인 샤론은 무척이나 색기 있다. 불량한 남자가 지금 샤론을 보면, 강제로 어두운 곳에 데리고 들어가려고 하리라.

카임과 샤론은 계산을 마치고는 다시 팔짱을 끼고서 가게에서 나왔다.

그대로 뒷골목을 걸어가 큰길로 향했다.

"기다려라! 거기 있는 자들!"

"어?"

하지만 굵은 남자의 목소리가 그들을 불러세웠다.

카임과 샤론이 나란히 뒤를 돌아보자…… 거기에는 승복을 입은 덩치 큰 남자를 중심으로 해서, 남자들 몇 명이 서 있었다.

"형님, 틀림없습니다. 이 남자라고요!"

"그런가……. 간신히, 찾아냈다!"

"…………누구야?"

수하인 것 같은 남자의 손에 끌려온 승복의 덩치 큰 남자. 어째서인지 눈가를 붕대로 감고 있었다.

어딘가에서 본 적 있는 것 같은 기분도 드는데…… 카임은 의아해서 눈을 가늘게 떴다.

"당신은…… 셰이로우 씨?"

샤론이 놀란 기색으로 남자의 이름을 불렀다.

"아는 사이인가?"

"응……, 그보다, 당신도 알고 있을 텐데?"

"응?"

"'검은 사자'의 승병 셰이로우. 당신들이 결투를 벌인 멤버 중 하나잖아."

"아아……, 그러고 보니 있었지."

그러고 보니 승병풍 덩치 큰 남자가 메이스를 휘둘러대며 티와 싸웠다.

이름은 듣지 않았지만, 머릿속에서 '수하 2'라고 불렀던 것 같은 기분이 든다.

"그 결투에서 입은 부상 때문에 실명해서 모험가를 은퇴했을 텐데…… 이런 곳에서 뭘 하는 걸까?"

"오오, 그 목소리는 길드 마스터님인가. 그쪽 남자와 같이 있는 이유는 뭐지?"

역시 눈이 보이지 않는 모양이라서, 승복 차림의 덩치 큰 남자…… 셰이로우가 물어왔다.

"같이 한잔했을 뿐이야. 상관없잖아. 그보다도…… 나에게 무슨 용건 있어?"

"귀하에게 용건은 없다. 용건이 있는 건…… 그쪽 남자다!"

셰이로우가 지팡이처럼 들고 있던 메이스 끝부분을 카임에게 겨눴다.

"어? 나 말이야?"

"음, 소승과 목숨을 걸고 한 판 겨뤄줬으면 한다!"

무슨 용건인가 했더니…… 예상치 못한 결투 신청이었다.

"요전 날 당한 복수라도 하고 싶은 건가? 네 양 눈을 망가뜨린 건 티일 텐데?"

셰이로우는 티가 얼굴을 할퀴어서 양쪽 눈을 실명했으니 앙갚음한다면 티 쪽에 갈 터이다.

"소승은 힘을 숭배하는 자. 긍지 높은 지크제론교의 신도다!

힘으로 여자를 깔아 눕혀서 안기는 해도, 정정당당한 결투의 결과에 트집을 잡을 생각 따위는 없다!"

"그렇다면 어째서 또……."

"지크제론교는 힘이야말로 모든 것이다. 싸울 수 없게 된 자에게 가치는 없는 것이다."

셰이로우가 소리치면서 메이스 끝을 지면에 때려 박았다. 지면이 잘게 쪼개져서 모래 먼지가 날렸다.

"그 수인 처자가 말했었지……. 그대가 나보다도 강한 자라고. 그 말을 믿고서 소승이 걸어온 무도의 종착점으로 삼겠다!"

"……즉, 죽을 장소를 원하는 거냐. 짜증 나는 이야기잖아."

요컨대…… 셰이로우라는 남자의 목적은 강자와 싸워서 죽는 것이었다.

양 눈의 시력을 빼앗김으로써 살아갈 의미를 잃고, 자신에게서 빛을 빼앗은 티가 인정하는 강자…… 카임과 싸워서, 그리고 죽기 위해서 결투를 도전해 오는 것이다.

"시시하군……. 죽고 싶으면 멋대로 죽어."

카임이 성가시다는 듯이 오른손을 내저었다.

"네 자기만족에 어울려 줄 의리는 없어. 모처럼 기분 좋게 술을 마신 참이니 방해하지 말라고."

"네놈! 형님이 어떤 마음으로……."

"알 게 뭐야. 닥쳐라."

"으억?!"

셰이로우의 옆에 있는 남자 중 하나가 따지고 들었지만, 카임이 주먹 쥔 손등으로 한 방을 때리자 지면에 가라앉았다.

"흐음……, 나의 사제 중 한 사람을 순식간에 해치웠나. 훌륭하다."

"그건 고맙네."

"허나…… 소승에게도 명예 높은 무인으로서의 긍지가 있다. 물러서라는 말을 듣고서 물러설 수는 없겠군!"

셰이로우가 다시 메이스를 들어 올려서, 이번에는 끝부분을 샤론에게 겨누었다.

"그대가 사투에 응하지 않겠다고 한다면, 그쪽 여자를 범하겠다!"

"뭐어?"

"그쪽 여자뿐만이 아니다! 그대와 함께 있던 여자를 전부 다 범하겠다! 울부짖는 여자들의 사지를 부러뜨려서 지면에 깔아 눕히고, 변소처럼 범해주겠다!"

"…………."

도발을 잘하는 남자라고 생각하며 카임은 내심 감탄했다.

시력을 잃은 이 남자가 그럴 수 있으리라고 생각지는 않지만…… 가능한지 아닌지의 문제가 아니라, 카임의 앞에서 일행인 여자를 안겠다고 선언했다.

'설령 산송장이라고 해도, 내버려 둘 수는 없지……!'

"좋아. 그렇게까지 말한다면 바라는 대로 죽여주겠어."

카임은 결투에 응하기로 하고서 샤론과 끼었던 팔짱을 풀었다.

"참고로…… 내가 여기서 녀석을 죽여도 죄가 되지는 않겠지?"

"응……. 명백한 정당방위고, 그는 중범죄 실행을 선언했어. 도적이나 산적과 같은 취급을 받겠지."

즉, 살해해도 문제는 없다. 마물과 마찬가지인 존재가 된 것이다.

"좋아, 죽여주마. 냉큼 덤벼라."

"감사한다."

셰이로우가 양손으로 메이스를 겨누었다.

사제 같아 보이는 남자들이 허둥지둥 떨어져서, 싸움에 말려들지 않게끔 거리를 두었다.

"카임 씨……."

"물러서 있어……. 어차피, 금세 끝나."

샤론을 놔두고서 카임이 셰이로우의 앞에 섰다.

셰이로우는 메이스를 겨눈 상태로 슬금슬금 간격을 재고 있었다.

"자, 여기에 있으니까 어서 덤비라고. 그렇지 않으면…… 이쪽에서 가는 편이 하기 쉬운가?"

"간다……!"

셰이로우가 뜻을 정한 기색으로 메이스를 치켜들면서 돌격해왔다.

목소리에 의지한 결사의 일격. 목숨을 버릴 각오조차 한 남자의 돌격은 날카로운 데다 충분한 무게가 실린 일격이었다.

"홋!"

하지만…… 역시 상대가 나빴다.

카임은 셰이로우가 펼친 생애 최고의 일격을 가볍게 몸을 뒤로 젖힌 것만으로 회피해서, 몸을 비틀면서 옆을 스쳐 지나갔다.

"아깝군, 땡중. 그리 나쁘지는 않았어."

"커헉……."

셰이로우가 가슴을 깊게 베여서 지면에 쓰러졌다. 가슴 부분에 새겨진 비스듬히 난 상처에서 대량의 피가 흐르기 시작해 지면을 검게 물들이면서 깊이 스며들었다.

투귀신류 기본 형태——【청룡】.

팔에 두른 압축 마력을 칼날처럼 잘 갈아서 적을 베는 기술이었다.

"혀, 형님……."

"으으, 부디 명복을……!"

지면에 쓰러진 셰이로우의 모습을 보고, 사제 같아 보이는 남자들이 눈물을 흘렸다. 여자를 밝히는 땡중에 명백한 쓰레기라고만 생각했는데, 죽은 후에 울어 줄 사람은 있는 모양이다.

"그래서…… 너희도 싸우는 건가?"

"……우리는 형님을 데리고 물러나겠어. 댁과는 싸우지 않아."

"현명하군."

사제 남자들이 셰이로우의 유체를 회수해서 이 자리를 떠나려고 했다.

"……형님을 보내줘서 감사한다. 덕분에, 이 사람은 무술가로서 죽을 수 있었어."

마지막으로 그런 말을 남기고, 사제들은 뒷골목으로 사라졌다.

○　○　○

카임은 술을 마시고, 셰이로우라는 이름의 습격자를 격퇴했지만…… 그 후 샤론과 팔짱을 끼고서 어느 건물 안에 들어갔다.

큰길에서 다소 떨어진 장소에 있는 그 가게는 이른바 '러브호텔' 등으로 불리는 장소. 남녀가 묵으며, 이것이나 저것이 붙었다 떨어졌다 하는 장소였다.

"아아……, 우리, 왜 이런 곳에 있는 거였더라?"

작은 침대 램프 불빛만 있는 어스름한 방 안, 카임이 기억을 더듬듯이 미간에 엄지를 가져다 댔다.

뭔가 특별한 대화나 흐름이 있었던 것은 아니다. 싸움을 마치고, 왠지 모르게 팔짱을 끼고 걸어서, 어쩌다 거기에 있었던 러브호텔에 빨려 들어가듯이 들어온 것이다.

"꼬신 기억도, 꼬셔진 기억도 없는데……."

"남녀 사이는 분위기와 기세로 결정되기 마련이야. 딱히 드문 일은 아닌 것 같은데?"

샤론이 방에 설치된 샤워실에서 샤워하고서 침실로 돌아왔다.

농익은 몸, 촉촉하게 젖은 분홍빛 피부에 목욕가운을 걸치기만 한 차림새라서, 향기와도 같은 어른의 색기를 뿜어내고 있었다.

"당신은 어쩔래? 샤워, 할래?"

"아니……, 됐어. 냉큼 처리하지."

너무 늦게 귀가하게 되면, 여성진 세 사람의 기분이 언짢아지고 만다.

이렇게 다른 여자와 같이 '휴식'하고 있기만 해도 충분히 화낼 것 같지만.

"후훗……, 센스 없는 말이네. 유혹 문구로서는 최악이야."

"이런……."

"아까 전엔 구해줬으니까. 이건 답례야. 실컷 즐겨줘."

샤론이 침대에 앉은 카임의 무릎 위에 올라탔다.

정면에서 매달리다시피 하며 도톰한 입술을 포개온다.

"쪽……."

샤론의 혀가 갑자기 카임의 입술을 가르고 입안으로 침입했다.

카임의 목에 양팔을 둘러서 도망칠 곳이 없게끔 부드럽게 고정하고서, 가슴팍에 풍만한 두 언덕을 밀어붙였다. 매혹적인 가슴의 감촉에 도취하고 있노라니, 혀의 움직임이 늘어나서 카임의 혀를 일방적으로 핥아왔다.

"음…… 윽……!"

'이 여자…… 익숙하군……!'

여태까지 몸을 섞어 온 세 사람과는 명백히 다르다. 그녀들 같은 어색함은 조금도 없이, 샤론의 혀 놀림에는 경험에 뒷받침된 테크닉이 있었다.

'이 녀석, 얼마나 남자에게 안겨…… 아니, 안아온 거지?'

"모험가는 자유분방한 애가 많으니까. 딱히 이상한 일은 아니야."

카임의 생각을 읽은 모양인지, 샤론이 한 번 혀를 떼고서 귓가에서 속삭였다.

"장래가 유망한 남자애…… 때때로 여자애도 있지만, 가능한 한 맛을 보려고 하고 있어. 모험가의 의욕을 끌어내는 것도 길드 직원으로서 필요한 일이지."

그녀는 귀에 "훗……" 하고 달콤한 숨결을 불어 넣으며 다시 입술을 포개왔다.

아까보다도 혀의 움직임을 빠르게 해서 카임의 입안을 공격해 온다.

'그렇군……. 확실히 이 기술이 있으면 어떤 모험가라도 마음 대로 농락할 수 있겠지.'

카임이 마음속에서 교묘한 혀 놀림을 칭찬했다.

혀와 혀가 복잡하게 서로 얽히고, 거기에서 생겨난 쾌락의 불꽃이 뇌 내를 뛰어다닌다.

손에 쥐지 않아도 밀어붙인 그녀의 가슴이 외설적인 형태로 바뀌는 것을 알게 되고 만다.

몸을 밀착해서 키스했을 뿐인데, 어째서 이렇게까지나 남자를 느끼게 할 수 있는 것일까? 이 쾌락을 맛보게 되면, 이제 틀림없이 샤론에게 고개를 들 수 없게 될 것이다.

그녀는 이렇게 수많은 모험가를 포로로 만들어 지배하에 두어 온 것이다.

'훌륭해. 놀랍군……. 하지만, 나도 남자로서 질 수는 없지!'

"으응……?!"

카임이 샤론의 혀를 밀어젖히고, 반대로 그녀의 입안으로 침략했다.

'경험과 테크닉으로는 뒤처지지만…… 피지컬로는 이쪽이 유리하겠지!'

"으읍……응, 아……앙, 츄읍……!"

카임은 욕망이 향하는 대로 샤론의 입술을 탐하고 거친 혀 놀림으로 괴롭혔다.

짐승이 사냥감을 습격하는 것 같은 깊은 키스는 아까 전 샤론이 보였던 섬세하고 찐득한 혀 기술과는 대조적이었다.

기술 따위는 한 톨도 없다. 오로지, 일방적으로 먹어 치우기만 하는 난폭한 입맞춤이다.

'나를 흔해 빠진 남자와 똑같이 취급하지 마. 너 따위에게 굴복당해서 일방적으로 절정에 다다르면, 그 세 사람을 볼 면목이 없다고!'

티, 밀리시아, 렌카. 세 연인이 샤론에게 뒤떨어질 리가 없다. 경험이나 테크닉은 별개로 치더라도, 여자로서는 그녀들이 앞설 것이다.

여기에서 샤론에게 일방적으로 져 버리면, 여태까지 안아온 그녀들의 격이 떨어진다. 핑계가 아니라 그런 느낌이 든다.

"아, 거칠구나. 게걸스럽게 굴면 안 돼."

카임의 입술에서 벗어난 샤론이 곤란한 기색으로 타일러왔다.

"오늘은 도와준 답례를 하는 건데? 누나가 에스코트해 줄 테니까 편안하게 있어."

"공교롭게도…… 나는 먹히는 것보다 먹는 쪽이 취향이야."

카임이 흉포한 짐승처럼 송곳니를 드러내며 웃었다.

"이제부터는 나도 공격하겠어. 먼저 항복하는 건 어느 쪽일까?"

"……좋네. 한번 해보렴."

카임이 자세를 반전시켜서 샤론을 침대에 밀어 넘어뜨리고 목욕가운을 벗겼다.

밀어 넘어뜨려서 깔렸음에도…… 샤론은 여전히 농염하게 미소 지었다.

"스물도 되지 않은 애송이가 나를 절정에 다다르게 할 수 있을까? 비참한 조루가 되어버리지 않기를 기도할게."

"마음대로 지껄여. 곧 가벼운 소리를 하지 못하게 해주겠어!"

카임이 가차 없이 허리를 낮췄다.

전설의 무기처럼 씩씩하게 뻗은 '검'이 대지의 갈라진 틈에 꽂히자, 낙뢰와도 같은 거대한 쾌락이 하얀빛이 되어 터졌다.

○　○　○

"하아, 하아……, 훌륭했어. 오늘은 무승부로 쳐줄게."

두 시간에 걸친 격투를 끝내고, 샤론이 거칠게 호흡하면서 말했다.

카임과 샤론은 함께 침대에 가라앉아, 피로 때문에 온몸을 땀으로 흠뻑 적셨다.

"솔직히, 내가 그렇게까지 신음할 줄은 몰랐어. 이게 젊음인 걸까?"

"딱히, 말하는 것만큼 나이 먹은 것도 아닐 텐데."

카임 또한 끝까지 싸운 피로에 어깨를 들썩이면서 대답했다.

피지컬로는 이겼을 텐데, 역시 쌓아 올린 경험의 차이는 컸다.

타고난 체력으로 강제로 밀어붙여도, 아슬아슬한 곳에서 무승부로 가져간다는 형국이었다.

"당신, 섹스로는 상당히 자신을 가져도 좋아. 역시나 밀리시아 전하께서 선택한 남자구나. 그분께서도 당신의 '검'에 찔려서 굴복한 걸까?"

"……글쎄?"

"우후후후……."

샤론이 유쾌하게 웃으며 카임의 가슴팍을 검지로 간질였다.

"다른 두 사람도 안았지? 영웅호색이라는 거네?"

"……난봉꾼 저질남이라서 미안하게 됐군."

"나쁘다고는 안 해. 오히려, 제국에는 강한 남자가 여러 아내를 두는 건 권장되는 일이니까."

제국은 강자의 나라. 능력이 있다면 하렘을 구축해도 아무도 불평하지 않는다.

"뭐, 상대가 황녀님쯤 되면, 인정받는 데 고생하겠지만……."

"그렇겠지……. 그런데, 몸에 이상한 점은 없나?"

"뭐야, 갑작스럽네. 딱히 허리가 아프지는 않은데?"

"그런가……."

아무래도 샤론의 몸에 이상은 없는 모양이다.

카임의 체액은 상성 좋은 이성에게 미약으로 작용한다. 샤론에게는 그것이 작용하는 기색도 없으니 밀리시아 일행과는 다른 모양이다.

'확실히, 그 세 사람과 할 때와는 달랐지. 이렇게, 한 끗이 좀 부족하달까…….'

샤론과 한 섹스는 불만 없이 기분 좋았지만, 평소 세 사람과 할 때와 비교하면 부족함이 느껴졌다. 역시 그녀들은 카임에게 특별하다는 뜻이리라.

'그걸 알게 된 것만으로도, 이 녀석과 한 보람이 있었어…….
아니, 난 말종이냐.'

다른 여자를 안음으로써 진지한 사이인 그녀의 매력을 깨닫다니 변변치 못한 남자다.

카임은 자기 자신의 소행에 기가 막혀서, 추한 남자가 되었다고 반성했다.

지알로 마을에 머무른 지 며칠.

산사태로 인해 폐쇄된 가도가 복구되지도 않고 시간만이 지나 갔다.

카임 일행은 빈 시간에 필요한 물자를 구입하거나, 온천을 만끽하거나, 길드에서 의뢰받아 마물과 싸웠다.

참고로 샤론과 몸을 섞은 것은 귀가 후 바로 탄로 났다.

후각이 좋은 티가 있으니 숨길 방도도 없기에, 카임도 솔직하게 자백했다.

"어흥, 카임 님이라면 어쩔 수 없어요."

"제국 여자는 관용적이니까, 그렇게 신경 쓰지 않아도 되는데요?"

"뭐, 너무 여자를 지나치게 늘려도 곤란하지만. 키우는 개는 나 하나로 충분하다."

의외로…… 티도 밀리시아도 렌카도, 카임이 샤론을 안은 것에 대해서 전혀 화내지 않았다.

그도 그럴 것이…… 티는 수인. 강한 수컷이 수많은 암컷을 거느리는 것에 저항이 없는 종족이다. 밀리시아와 렌카는 일부다처제를 취하는 제국 출신이라서, 두 사람의 부친도 여러 아내를 두었으니 신경 쓰지 않는 모양이다.

그 때문에 카임이 다른 여자와 관계를 맺는 것은 문제없다고 하지만…… 그것은 그렇다 치고, 그날 밤에는 세 사람에게 쥐어 짜이고 말았다.

그런 식으로 퇴폐적인 생활을 하던 카임 일행이었지만…… 어 느 날, 그들이 머무는 여관에 샤론 일다나가 보낸 사자가 찾아 와서 길드로 호출받았다.

"제도 말인데…… 아무래도 지금은 내란이 일어나기 직전인 가 봐."

길드의 응접실. 샤론이 찾아온 카임 일행에게 한숨을 섞으며 말했다.

"내란이라니…… 어떻게 된 건가요?!"

현저하게 반응한 사람은 물론 당사자인 밀리시아였다.

테이블에서 몸을 내밀며 맞은편 소파에 앉은 샤론에게 바짝 다가갔다.

"지, 진정하세요! 밀리시아 전하!"

샤론이 양손으로 밀리시아를 제지하면서 사정을 설명했다.

"아시다시피…… 제도에는 두 황자, 아서 제1황자님과 란스 제2황자님이 차기 황제의 자리를 둘러싸고서 대립하고 있습니 다. 황제 폐하께서는 몸져누우셔서, 두 사람의 싸움을 말릴 수 없는 상황입니다."

"…………."

"여태까지도 수면 아래에서 다툼이 있었던 모양입니다만…… 요전 날, 란스 전하의 심복이었던 부하가 누군가에게 살해당했 습니다. 그 일이 계기가 되어, 란스 전하께서 수하를 이끌고서 제도를 탈출해 제국 동부로 도망쳐서 거병 준비를 하고 계신다고 합니다."

"그럴 수가……. 설마, 그렇게까지 사태가 움직였을 줄은……!"

"공주님……."

밀리시아가 새파래진 얼굴로 소파에 주저앉았다.

등 뒤에 서 있던 렌카가 걱정하듯이 밀리시아의 어깨를 끌어안았다.

"아서 전하께서도 란스 전하를 맞받아치고자, 전쟁 준비를 하신다고 합니다. 양자의 충돌은 시간문제. 조만간 내란이 벌어지게 되겠죠."

"……아무래도, 때는 한시를 다투는 모양이에요. 지금 당장 제도로 향해야 해요……!"

"하지만…… 가도는 봉쇄되어 있잖아? 역시, 되돌아가서 우회하는 건가?"

지알로 마을에서 제도로 향하는 가도는 통과할 수 없다. 한번 남쪽으로 되돌아가서, 거기에서 동쪽으로 향하게 되고 만다.

"아니요, 그래서는 제때 맞출 수 없을지도 몰라요……. 모 아니면 도의 도박이 되겠지만, 숲을 돌파해서 제도로 향하도록 하죠!"

이전에도 숲을 통과해서 제도를 목표로 한다는 안이 나왔다. 하지만 위험한 마물이 서식하는 마경을 통과하는 것은 위험부담이 높다고 해서 그 의견을 흘려넘겼다.

"나는 별로 상관없지만…… 정말로 그래도 괜찮은 건가?"

"네……, 카임 씨와 다른 분들에게는 부담을 주게 되겠지만,

저는 조금이라도 빨리 제도로 돌아가 오빠들을 말려야만 해요.
부디, 잘 부탁드립니다……!"

카임이 확인하자 밀리시아가 동료들에게 깊숙이 고개를 숙
였다.

"나는 별로 상관없어. 뭐, 싸우는 건 특기 분야니까."

"티는 괜찮아요. 좀이 쑤시네요."

"공주님께서 각오하셨다면 좋고 싫고 따질 필요도 없습니다.
저도 함께하겠습니다."

카임, 티, 렌카가 순서대로 동의했다.

밀리시아를 한시라도 빨리 제도로 보내주기 위해서, 위험한
숲을 횡단해 제도로 향하기로 결정했다.

"참 무모하네요……. 마경은 그저 강하기만 하면 돌파할 수
있을 만큼 단순한 곳이 아닌데요?"

샤론이 기가 막힌다는 기색으로 타일렀다.

"아무리 전투 능력이 높아도, 숲 깊숙한 곳에 들어가면 길을 헤
매서 나올 수 없게 되는 일도 많아요. 여러분만으로는 위험해요."

"그건 알지만…… 다른 방법이 없잖아?"

"어쩔 수 없네……. 그렇게 되리라고 짐작해서, 안내역을 준
비해 뒀어."

샤론이 씁쓸하게 웃으면서, 양손을 짝짝 두드려서 울렸다.

그러자 응접실 문이 열리고 작은 몸집의 소녀가 들어왔다.

"이쪽은 우리 길드에서 서포터로 일하고 있는 로터스 씨야.
일 때문에 오랫동안 마을을 비웠지만, 어제 돌아왔어."

"바, 반갑습니댜! 잘 부탁합니댜⋯⋯."

길드에서 소개받은 안내인은 갑자기 혀를 깨물었다.

혀를 깨문 입가를 양손으로 가리며 눈물을 머금고 몸부림치고 있다.

"⋯⋯이게 안내인인가? 정말로?"

카임이 의심스럽게 눈을 가늘게 떴다.

샤론에게 소개받은 이는 카임의 허리께에 키가 닿는 소녀였다.

튼튼해 보이는 만듦새의 겉옷과 반바지. 등에는 커다란 배낭을 짊어지고 있고, 머리 부분에서 쳐진 토끼 귀가 늘어져 있었다.

명백한 수인이다. 소녀의 움직임에 맞춰서, 검은 머리카락의 쇼트커트와 같은 색 귀가 달랑달랑 흔들리고 있었다.

"어머, 이 애는 우리 길드에서 가장 뛰어난 서포터야. 실력은 보증해."

서포터란 직접적인 전투를 하지 않고, 다른 모험가의 지원을 전문으로 하는 자들을 말한다. 짐을 나르거나, 야영이나 식사를 준비하거나. 전투 중에는 아이템을 써서 동료를 지원할 때도 있다.

"이 애는 할아버지 대서부터 사냥이나 채집을 해왔는데, 숲의 내부를 무척 잘 알아. 이 아이 이상의 안내인을 준비하는 건 불가능해."

"로터휴예여. 잘 부탁합미댜⋯⋯."

"⋯⋯⋯⋯."

길드 마스터에게서 실력을 보증받은 안내인이 자기소개를 해왔다.

혀 짧은 말투라서 잘 들리지는 않았지만, 아마도 '로터스'라고 이름은 댄 것이리라.

"뭐…… 실력이 있다면 아무래도 상관없지만. 어린애든 노인이든."

"잘 부탁합니다……. 우리 사정에 말려들게 해 버려서 미안해요."

밀리시아가 미안하다는 듯이 말하자, 로터스가 고개를 좌우로 내저었다. 그 움직임에 맞춰서 검은색 쳐진 토끼 귀도 흔들렸다.

"괘, 괜차나요, 신경 쓰지 마세요!"

"어흥, 귀여운 애예요. 쓰다듬어 주고 싶어져요."

"히익?!"

티가 다가가려고 하자, 로터스가 기세 좋게 팔짝 뛰었다.

작은 그림자가 실내를 재빠르게 달려가…… 순식간에 응접실에 있는 소파 뒤로 숨었다.

"오, 오오……, 빠르네?"

"도망쳐 버렸어요! 어째서 도망치는 거예요?"

"아아……, 미안해. 이 애도 참 무척이나 겁많은 성격이야. 토끼 수인이니까 다른 수인이 무서웠을지도 모르겠네."

"아아……, 호랑이인걸. 그야 무섭겠지."

티는 화이트 타이거 수인이라서 토끼에게는 포식자에 해당하는 존재이다. 사냥감의 본능으로 즉시 이탈을 선택한 것인가.

"그런 겁많은 녀석이 위험한 숲길 안내를 할 수 있는 건가? 어린애를 데리고 가다니 걱정되는데……."

숨어 있는 로터스를 보고서, 렌카도 어이없다는 듯이 쓴소리를 했다.

고결한 여기사로서는 위험한 곳에 아이를 데리고 가려니 걱정되는 것이리라.

"어머나, 어쩔 수 없네."

길드 마스터는 쓴웃음을 지으면서 숨은 로터스의 배낭을 움켜쥐고서, 카임 쪽으로 잡아당겼다.

"아으으……."

"끈덕진 것 같지만…… 이 애가 서포터로서 가진 실력은 진짜야. 숲 역시 누구보다도 잘 알아. 겁쟁이에 도망치는 발이 빠른 건 그만큼 위기 감지 능력이 강한 거라고 생각해 줘. 걱정하지 않아도 의뢰주를 놔두고서 도망치지는 않아."

"그렇다면 좋겠는데……."

카임은 억지로 끌려온 로터스를 받아 들었다.

상당히 불안하기는 하지만…… 아까 전의 도망을 보아하니, 스스로 죽는 일은 없으리라.

'우리 사정에 말려들어서 죽지 않는다면 뭐든지 상관없어. 눈앞에서 죽기라도 하면, 나는 어쨌거나 밀리시아는 침울해질 테니까.'

"아무튼…… 이건 티에게 돌보라고 맡길까."

"맡겨주세요!"

"흐아아아아아아아아아아~?!"

카임은 비명을 지르는 로터스를 티에게 떠넘겼다.

"그럼, 우리는 즉시 제도로 향하기로 하지……. 이래저래 신세 졌군."

"상관없어. 피차일반인걸."

샤론이 부드럽게, 감싸 안는 것 같은 미소를 카임에게 보냈다.

"또 근처에 오면 들러 줘. 환영할게."

"어차피 일을 시킬 속셈이겠지? 훤히 들여다보인다고."

"일한 뒤에는, 요전번처럼 서비스를 해줄게. 그래도 불만일까?"

"…………."

카임이 입을 다물고 살짝 시선을 피했다.

"카임 님……."

"카임 씨……."

"좋아, 출발이다."

도끼눈을 뜨고서 째려보는 여성진에게 얼버무리듯이, 카임은 서둘러 출발 선언을 했다.

○   ○   ○

길드에서 대화를 마친 카임 일행은 마을을 뒤로했다.

지알로 마을에서 지낸 기간은 일주일을 못 채웠지만, 길드에서 벌인 결투에 언데드 토벌, 길드 마스터와 나눈 밀회……. 나름대로 농밀한 나날이었던 것 같다.

마을을 나선 카임은 동쪽에 있는 숲―― '류카온 숲'으로 향했다.

이 숲을 돌파하면 산사태로 봉쇄된 가도를 지나지 않고도 제도에 도착할 수 있다.

"그, 그럼, 지금부터 류카온 숲에 들어가여!"

숲 입구에 서서, 안내인인 검은 토끼 수인── 로터스가 눈물을 머금으며 선언했다.

길드에서 소개받은 안내역인 로터스는 지극히 황공해하는 기색이라서, 몸은 꽁꽁 얼었고, 말은 혀가 짧아서 자꾸 새게 되었다.

어째서 안내역이 가장 긴장하는 거냐고 태클을 걸고 싶어질 만한 추태이다.

"류카온 숲이 '마경'이라고 불리는 이유는 이곳이 마나가 대량으로 뿜어져 나오는 포인트 중 하나이기 때문이에요! 향기롭고 진한 마나를 흡수해서 성장한 마물이 다수 서식하고 있어여!"

"즉, 강력한 마물이 있으니까 위험……하다는 뜻이로군?"

카임의 물음에 로터스가 끄덕끄덕 몇 번이고 고개를 주억였다.

"넵! 마물도 강력하지만, 그에 더해서 이 숲에는 '워킹 트리'나 '헤매는 버섯' 등이 자생하고 있어요. 이런 식물로 인해 인간의 방향 감각이 어긋나고, 덤으로 자석 등도 잘 작동하지 않게 돼요! 익숙지 않은 인간이라면, 나올 수 없게 돼여."

'워킹 트리'는 걸어서 이동하는 나무. '헤매는 버섯'은 포자로 인간의 방향 감각을 어긋나게 해서 객사하게 만들어, 시체에 포자를 심는다는 식물이었다.

가령 마물을 쓰러뜨릴 수 있는 힘이 있다고 해도, 그런 식물을 공략해야 숲을 빠져나갈 수 있다.

"숲은 천충(淺層), 중충(中層), 심충(深層) 세 개로 나뉘어여. 천충까지라면 위험도 없고, 마물도 거의 나오지 않으니 지역 사람이 약초를 캐지만, 중충 이후는 안내 역이 없으면 목숨이 걸려요. 모쪼록 길을 잃지 않도록 주의하세요!"

설명이 끝나기가 무섭게, 로터스가 빙글 돌아서 카임 일행에게 등을 보였다. 쳐진 토끼 귀가 옆으로 흔들려서 호를 그렸다.

"그럼, 숲에 들어갈게요. 천충에서는 위험은 적지만…… 뒤처지지 않도록 하세여."

"그래, 알았어."

큰 배낭을 짊어진 로터스가 낙엽을 밟으며 숲속으로 들어갔다.

그 뒤를 카임이 따르고, 밀리시아와 렌카가 옆에 나란히 서고, 최후미에 티가 따라간다. 사전에 정해두었던 대열이다.

근처 촌락이나 마을 주인에게서는 마경이라고 불리며 두려움을 사는 숲이었지만, 입구에 가까운 부분에서는 딱히 수상쩍은 일이 일어나지는 않았다. 평범한 숲과 다름없이 나무들이 무성하고, 작은 새나 작은 동물의 모습도 볼 수 있다. 본 적 있는 식용 버섯이나 들풀도 나 있었다.

"흐음……, 참 대단하군."

로터스의 뒤를 걸으면서, 카임은 작은 목소리로 감탄했다.

전방을 걷는 그녀는 거의 발소리를 내지 않고 있었다. 발소리뿐만이 아니라 옷이 스치는 소리도 거의 나지 않는다.

기척도 한없이 엷어졌기 때문에, 어지간히 감이 좋은 사람이 아닌 한 바로 뒤에 서 있다고 해도 알아채지 못하리라.

'이게 숙련된 레인저인가……. 전투에서는 전혀 질 것 같지 않은데, 이 녀석이 진심으로 잠복하면 나도 찾아낼 수 없겠군. 샤론이 추천할만해. 이 은밀술은 보고 배울 가치가 있어.'

카임은 뒤쪽에서 로터스의 발놀림이나 양팔의 움직임을 주의 깊게 관찰했다.

팔다리의 움직임을 모방해서, 조금씩 그녀의 움직임에 몸을 맞춰갔다.

흔들림 없는 체간. 정숙하면서도 흐트러짐 없는 다리와 허리의 움직임은 숙련된 격투가와도 통하는 바가 있다. '투귀신류'라는 무투술을 조금 배운 카임이기에, 그 몸놀림이 어지간히 훈련을 쌓은 것이 아니라는 사실을 알았다.

'신체의 움직임뿐만이 아니라…… 호흡도 그래.'

무거운 짐을 짊어지면서도, 조금도 흐트러지지 않는 조용한 호흡 소리. 로터스의 숙달된 실력이 좋든 싫든 이해된다.

'이 움직임은 격투술에도 응용할 수 있겠군……. 딱히 암살자를 목표로 하는 건 아니지만, 익히면 무언가 도움이 될 법해.'

카임이 움직임을 흉내 내고 있자, 로터스가 이상하다는 듯이 뒤를 돌아보았다.

"…………?"

로터스는 카임의 얼굴을 힐끗 보더니, 또 전방으로 시선을 되돌렸다.

아무래도 카임의 기척이 희박해진 것을 감지하고서 뒤를 돌아본 모양이다.

그대로 걷기를 두 시간. 도중에는 딱히 대화도 없이 순조롭게 숲을 나아갔다.

하지만 갑자기 로터스가 멈춰 섰다. 지금까지 망설임 없이 걸었을 텐데, 어딘가 긴장한 기색으로.

"여, 여기서부터가 중층이에여. 위험도도 껑충 뛰어오르니 주의하세여."

"여기가…… 딱히 변한 것처럼 보이지는 않는데?"

대열 중앙을 걷던 렌카가 의아한 표정을 지었다. 밀리시아도 신기하다는 듯이 주위를 둘러보고서 문득 입을 열었다.

"그러고 보니…… 주위 마력이 진해진 것 같아요. 공기가 무거워져서, 아주 조금, 언데드에 지배받았던 마을과 가까운 것 같은……?"

"그렇군. 듣고 보니, 그러네……."

그곳은 얼핏 보면 평범한 숲과 다름없지만, 예민한 마력 감지 능력을 가진 자만이 변화를 이해할 수가 있다. 같은 숲인데, 마치 보이지 않는 벽이 가로막은 듯이 마력의 농도가 진해진 것이다.

"……마침내, 마경이 진정한 모습을 보인 건가."

자세히 감각을 갈고닦아 보니, 주위에서 작은 동물의 기척도 사라졌다. 이 앞에는 야생동물도 다가오지 않는 것이리라.

마경── '류카온 숲'. 여기서부터가 진정한 마경의 시작이었다.

류카온 숲. 중층.

본격적으로 마경에 발을 들이게 되자, 안내역인 로터스가 배낭을 내리고서 속을 손으로 뒤졌다.

"여기서부턴 이걸 쥐세여. 절대로 놓지 않도록 조심해요……."

"이건…… 밧줄인가?"

로터스가 배낭에서 꺼낸 물건은 굵은 밧줄이었다. 금속이 들어가 있는지 묵직하게 무거워서, 웬만한 날붙이로는 절단하기도 어려울 것 같다.

"구명줄이에여. 일행과 떨어지면 안 되니까, 절대로 놓지 마세여."

"그건 상관없지만…… 아무리 뭐라 해도 너무 요란한 거 아니야? 그렇게까지 시야가 나빠 보이지도 않는데……?"

"여기는 마경의 일부니까여. 똑바로 걷는 것 같아도 빙글빙글 돌고 있어요. 앞 사람의 등을 쫓아가는 것 같았는데, 어느샌가 외톨이가 되는…… 그런 곳이에여."

"……알았다. 안내인의 의견을 따르지."

카임은 실력이야말로 '후작급' 마물도 쓰러뜨릴 수 있지만, 모험가로서는 풋내기다. 숙련된 안내인이라는 로터스의 의견에 거스를 생각은 없다.

몸을 돌려서 뒤쪽에 있는 동료에게 눈짓하자, 밀리시아, 렌카, 티 세 사람이 각각 고개를 끄덕였다.

"그럼, 가요. 천천히 걸을게여……."

로터스는 신중하게, 그야말로 지나치게 겁쟁이로 여겨질 만한 완만한 발걸음으로 걸어갔다. 역시나 카임은 의아하게 생각했지만…… 곧 그 의미가 무엇인지 깨닫게 되었다.

"…………?!"

숲의 중층에 발을 들인 지 몇 분. 갑자기 시야가 흐릿해지기 시작했다.

안개가 낀 것도 아닌데 시야가 희미하다. 앞을 걷는 로터스의 등이 좌우로 흔들려 보인다.

주위에 있는 나무까지도 흔들리는 것처럼 보인다. 마치 걷고 있는 것처럼…….

"아니……, 그렇지 않아. 정말로 걷고 있는 건가?!"

걷고 있는 것처럼 '보이는' 것이 아니라 실제로 움직이고 있는 것이다. 그 나무들은 천천히 지면에서 뿌리를 뽑고서 한 걸음씩, 한 걸음씩이기는 하지만 착실하게 이동하고 있었다.

"이게 '워킹 트리'인가……. 처음 보는군."

책으로 읽은 적이 있으니 지식으로는 알았다.

하지만…… 나무가 실제로 걷는 광경을 목격하자 놀라고 말았다.

"대단하군……. 이건 정말로 식물인가?"

렌카가 천천히 걷는 수목을 바라보며 아연한 기색으로 중얼거렸다.

로터스가 한 번 멈춰 서서 뒤를 돌아보며 설명했다.

"'워킹 트리'는 식물이지만, 마경의 마나를 빨아들여서 자란 마물이기도 해여. 이 식물의 꽃가루에는 시야를 흐릿하게 만들어 의식을 흩뜨리는 효과도 있으니 조심하세여."

"꽃가루인가……. 어쩐지 눈이 흐릿하다 싶더라니 이놈 소행이냐고."

카임이 혀를 차고서 눈을 비볐다. '독의 왕'인 카임에게는 독이 통하지 않지만, 꽃가루 때문에 시야가 나빠지는 것은 어쩔 방도가 없다.

"……역시나 마경이네요. 구명줄이 없었다면 다른 방향으로 걸어갔을지도 몰라요."

"어흥, 일행과 떨어지면 합류할 수 없을 것 같아요. 꽃가루 때문에 수인의 코도 둔해졌어요."

밀리시아와 티도 꽃가루에 얼굴을 찡그렸다.

등 뒤를 돌아보자, '워킹 트리' 때문에 아까 전과는 전혀 다른 풍경으로 변해 있었다. 이미 왔던 길을 되돌아가는 것조차 극히 어렵다.

"로터스, 너는 어떻게 방향을 판별하는 거지?"

"아으……. 그러니까, 그게…… 감, 이에여."

"감? 감이라고?!"

"마, 맞아여! 화, 화내지 마세여!"

로터스가 쳐진 토끼 귀를 흠칫흠칫 떨었다.

"아니, 딱히 화내는 건 아닌데…… 감만으로, 이 숲을 빠져나갈 수 있는 건가?"

"네, 넵, 저는 할아버지를 따라서, 이 숲에 왔으니까요! 왜, 왠지 모르게, 어디가 어디인지 알아여……."

일부 물고기는 강에서 바다로 여행을 떠나, 온 세상을 돈 후에 태어난 강으로 돌아온다고 한다.

이정표는 없고 나침반을 가지고 있지 않아도, 사고나 기억을 초월한 본능이 나아가야 할 길을 이해하는 것이다.

'이 녀석도 마찬가지라는 건가……. 사람이면서, 마경의 생물이로군.'

"꽃가루도 그렇지만, 이 앞에는 강한 마물도 있어여. 저 혼자라면 숨으면 되지만, 이 인원수로는……."

"그건 문제없어. 싸움에 관해서는 맡겨줘."

카임은 단언했다. 길을 헤매지만 않으면 마물은 어떻게든 할 수 있다는 자신이 있었다.

하지만 카임의 실력을 모르는 로터스는 살짝 의심스러운 표정을 지었다.

"……샤론 씨. 길드 마스터도 전투는 걱정할 필요 없다고 말했는데, 정말로 괜찮은가여?"

"그래, 헤매지 않도록 안내만 해준다면 괜찮아. 길 안내만 해준다면, 마물은 이쪽에서 대처할 테니까……."

"그ㅇㅇㅇㅇㅇㅇㅇㅇㅇㅇㅇㅇ옷!"

"오, 곧바로 실력을 선보일 자리가 찾아온 모양이군."

마물의 우렁찬 외침이 메아리쳤다. 곧바로 실력을 증명할 기회가 찾아온 모양이다.

나무들이 절규를 지르면서 이동하고, 거구의 마물이 눈앞에 착지해 온다.

"후햐앗!"

로터스가 즉시 최후미에 있던 티의 등 뒤로 돌아 들어갔다. 무섭도록 빠른 발이었다.

카임 일행의 눈앞에 나타난 것은 검은 체모를 몸에 두른 큰 원숭이였다.

3미터는 될 법한 거구. 어째서인지 머리는 두 개 있고 팔도 네 개 있었다.

"'트윈 콩'이에여⋯⋯. 엄청난 괴력을 가졌으니까, 정면으로 싸우면 안 돼요⋯⋯!"

"그러냐, 알았다."

"앗⋯⋯."

카임이 적당히 손을 들며 앞으로 나섰다.

두 머리에 네 팔을 가진 큰 원숭이가 눈동자를 번뜩 카임에게 향하며 기세 좋게 뛰어들었다.

네 개의 굵은 팔이 수레바퀴처럼 회전해서, 카임의 몸에 무수한 난타를 쏟아부었다.

"그아아아아아아아아아아아아아아앗!"

"아앗!"

트윈 콩의 포효가 숲에 울려 퍼졌다. 참극을 앞에 두고서 로터스가 양손으로 얼굴을 가렸다.

거대한 고릴라의 타격을 저렇게나 받으면, 인간의 몸 따위는 금세 고깃덩어리가 되고 말 것이다.

"어흥, 괜찮아요. 잘 보세요."

"흐에⋯⋯?"

티가 다정하게 말하자, 로터스가 머뭇머뭇 눈을 감추었던 양손을 치웠다.

거기에는 무수한 난타를 받으면서 태연하게 서 있는 카임의 모습이 있었다.

"그렇군, 파워는 그럭저럭이야. 팔 네 개의 불규칙한 공격은 예측하기 어렵고, 나름대로 성가셔. 전투력은 '자작급'쯤 될까."

카임은 냉정하게 상대를 분석하면서, 압축 마력을 집중시킨 양팔로 공격을 처리하고 있었다.

투귀신류·기본 형태——【현무】.

방어에 특화한 기술의 응용. 집중시킨 압축 마력으로 카임의 팔은 강철 이상의 강도가 되었다. 팔에 마력을 집중시키고 있기에 다른 부분을 공격받으면 큰 대미지를 피할 수 없지만…… 당연히 그런 어리석음을 범하지는 않는다.

"공격을 방어하면서 적의 움직임을 관찰한다. 그리고 쏟아지는 공격 사이를 파고들어서…… 찌른다!"

카임은 조용한 시선으로 상대의 공격을 관찰하고 그 리듬과 패턴을 확인했다. 그리고 네 개의 팔이 내지르는 타격의 틈새를 통과하다시피 지나가서 카운터를 펼쳤다.

"【뱀】!"

방어에 특화한 기술인 【현무】. 거기에서 이어지는 카운터 기술, 그것이 바로 【뱀】.

오로지 방어를 관철하면서 상대의 움직임을 확인해, 생겨난 틈을 꿰어서 기사회생의 일격을 펼치는 기술이다.

줄타기 같은 공방 속에서 계속 내지르는 손날, 거기에서 뱀처럼 뻗은 압축 마력이 트윈 콩의 목을 꿰뚫었다.

"그앗?!"

온갖 생물에게 급소인 목에 날카로운 일격을 받고서, 트윈 콩이 거구를 뒤로 젖혔다. 목에서 선혈을 촤악 뿜어내고서, 주위의 나뭇가지와 잎을 붉게 물들였다.

"그아아아아아아아아아아아앗······!"

그래도 트윈 콩의 눈빛은 시들지 않았다. 몸이 커다란 만큼 생명력도 강한 것이리라. 카운터 공격을 받고서도 여전히, 카임을 향해서 격렬한 적의를 뿜고 있었다.

"의욕이 만만한데 미안하지만······ 이미 끝났어."

"그앗?!"

카임이 차갑게 중얼거렸다.

동시에 트윈 콩의 거구가 흔들리고, 취한 것처럼 비틀거리며 무릎을 꿇었다.

"내 마력을 받고서 무사히 넘어가리라 생각하지 마. 뱀의 맹독에서는 벗어날 수 없어."

"그, 아······."

트윈 콩의 두 입에서 동시에 피가 튀어나왔다. 눈동자가 새빨갛게 충혈돼, 마치 안구가 파열된 것처럼 피눈물을 흘렸다. 거구가 묵직한 소리를 내며 지면에 가라앉고는, 그대로 움직이지 않게 되었다.

"나름 강했어. 역시나 마경의 마물이라는 건가."

"대단, 해여……. 정말로 이겨 버렸어요……."

후방에서 싸움을 지켜보던 로터스가 아연하게 중얼거렸다.

로터스가 보기에는 이해를 뛰어넘은 광경이리라. 거대한 큰 원숭이의 타격을 빗발처럼 맞으며, 더 나아가 카운터로 상대를 쓰러뜨리고 마는 인간이 있다니.

"보다시피 전투에 관해서는 우리가 책임지고 맡을 테니 문제는 없어. 너는 어디까지나 안내에 전념해 줘. 마물은 쓰러뜨릴 수 있어도, 헤매서 객사하게 되는 건 막을 수 없으니까."

"아, 알았어여……."

로터스는 멍하니 있으면서도, 여전히 혀 짧은 말투로 대답했다.

○　　○　　○

그 후로도 몇 번인가 마물의 습격을 받게 되었다.

하지만 카임에게 강적이라고 부를 수 있을 만큼 강한 마물은 출현하지 않았다. 카임은 때로는 스스로 대처하고, 때로는 렌카나 티에게 싸움을 맡겨서, 위험한 상황 없이 마물을 돌파해 나갔다.

가벼운 부상을 입는 상황도 있었지만…… 다행히 신관의 소양을 가진 밀리시아가 있었다. 바로 상처를 치료해 줘서 심각한 사태에 이르는 일은 없었다.

카임 일행은 순조롭게 숲을 나아가, 첫 번째 날의 저녁놀을 맞이하게 되었다.

"오늘은 여기서 야영인가……."

"바, 밤이 되면 텐트에서 나가지 않도록 조심하세여!"

전원이 누워 잠잘 수 있는 크기의 텐트 속에서, 로터스가 마경에서의 밤샘에 대해서 주의점을 설명했다.

"이 텐트는 할아버지에게서 물려받은 특별제예여. 표면에 '자이언트 카멜레온'이라는 마물의 껍질을 붙여 놓아서, 가만히 있으면 일단 마물에게 들키지 않아요. 강력한 마물막이도 주위에 뿌려두었으니, 이 텐트 안은 안전지대예여."

로터스가 처진 토끼 귀를 흔들며, "다만……"이라고 덧붙였다.

"어디까지나 안전한 건 텐트 안뿐이에여. 한 걸음이라도 밖으로 나가면 마물에게 습격당할 가능성이 있으니까, 절대로 나가면 안 돼요! 화장실도 저기에 놓아둔 요강으로 처리하세여!"

"뭐, 어쩔 수 없지……. 다들 괜찮겠지?"

"물론이에요. 일부러 위험에 뛰어들지는 않아요."

카임이 묻자 밀리시아가 대표로 대답했다.

그만두라는 말을 듣고서 굳이 어리석은 행위를 할 만큼, 카임도 동료들도 삐뚤어지지는 않았다.

"그건 좋은데…… 슬슬 출출해지기 시작했어요. 몹시 배고파요."

"나도 그렇다……. 오늘은 밤을 내내 걸어 다녔으니까."

티와 렌카가 공복을 호소했다. 카임 역시 물론 배가 고팠고, 입 밖으로 내지는 않을 뿐 밀리시아와 로터스도 그러리라.

"그렇군……. 뭔가 먹고 싶은데, 밖에 나갈 수 없다면 불을 피울 수도 없겠군."

"마력을 빨아들인 모닥불이 폭발하는 경우도 있으니, 마경에서는 낮이라고 해도 모닥불을 피울 수는 없어요. 오늘 밤은 보존식으로 참아주세요."

"폭발……, 그런 일도 있는 건가. 마경은 참 무섭군."

로터스의 보충 설명을 듣고서, 카임은 어이없는 감정을 섞어서 어깨를 늘어뜨렸다.

자연계에 존재하는 마력…… '마나'라고도 '마소(魔素)'라고도 불리는 그 힘은 동식물에 영향을 가져다줘서 마물화시키지만, 불꽃이나 물 같은 자연물에도 다양한 영향을 준다.

마력을 연료로 한 불이 기세를 늘려서 번지는 일도 있기에, 마나가 진한 마경에서는 섣부르게 불을 피울 수조차 없는 것이다.

"그럼, 오늘 저녁은 이거로군."

렌카가 앞장서서 전원에게 보존식을 나눠주었다. 카임은 눈앞에 보이는 맛없는 식사를 앞에 두고서, 쓴웃음을 지으면서 어깨를 으쓱였다.

'소박한 식사인데…… 고향에서 마을 사람에게 곰팡이 난 빵이나 채소를 떠넘겨 받았던 시절과 비교하면 훨씬 낫군.'

"건빵과 말린 고기. 가끔은 이런 것도 좋지."

"그래, 기사단에서도 원정 중에는 곧잘 먹었어. 문제는 없다."

카임과 렌카가 솔선해서 보존식을 물어뜯자, 다른 면면들도 식사를 시작했다.

식사를 다 먹으니 딱히 할 일도 없어서 바로 취침했다. 카임, 티, 밀리시아, 렌카, 로터스…… 다섯 명이 나란히 누웠다.

마경에서 밤을 지새우게 되어 평소 이상으로 긴장하며 취침하게 되었지만…… 그래도 역시 피곤했던 것이리라. 금세 다섯 명은 잠이 들었다.

"새근, 새근……."
"드르렁……."
"앙……."
하지만…… 그 일은 한밤중에 일어났다.
불빛이 꺼져서 어둠에 빠진 텐트 안, 고른 숨소리에 섞여서 흐릿한 신음소리가 났다.
"훗……아……하아……, 싫어……."
"드르렁…… 쿨……."
"아앙……. 안 돼요, 카임 니임……."
"…………으어?"
콧소리가 섞인 듯한 목소리가 귀에 들어오자, 카임은 멍한 기색으로 눈을 떴다.
막 깨어난 뇌는 아직 안개 낀 것처럼 애매모호해서, 제대로 생각이 돌아가지 않았다.
그래도 양손에 닿은 부드러운 감촉은 느낄 수 있다. 기분 좋은 감촉이다. 향기롭게 익은 과실을 따는 것 같은 충실감.
촉촉하게 젖은 그 풍만함에 카임은 손가락을 꾹 눌렀다. 부드러운데 탄력이 있는 과실이 탱글탱글 손가락을 도로 밀어서, 아무리 주물러도 질리지 않는다.

"흐아, 카임 니임……. 그렇게 세게 하면 안 돼요……."

"…………어, 뭐지?"

양손에 쥔 풍만함을 실컷 주물럭거리고 나서, 간신히 카임의 의식이 각성했다.

눈앞에 있는 것은 은색의 너풀거리는 덩어리. 무수한 실이 나란히 늘어진 그것에서는 땀 냄새가 섞인 비누의 상쾌한 향이 났다.

"……머리카락?"

카임은 그것의 정체를 깨달았다. 은색 머리카락이 난 그것은 누군가의 머리. 그 머리카락 색을 가진 사람이 누구인지 카임은 딱 한 사람 짚이는 데가 있다.

"티……?"

"맞아요. 카임 님……, 크응!"

저도 모르게 손가락에 힘을 줘 버려서, 부드러운 언덕 위에 오뚝 선 딱딱한 돌기를 집고 말았다.

그리고 새삼스럽게 카임은 깨달았다. 자신이 양손으로 잡고서 말랑말랑 주무른 물건이 헐벗은 메이드복에서 흘러나온 티의 가슴이라는 사실을.

카임은 텐트 안에서 드러누운 자세로 티의 등에 달라붙어서, 양손으로 가슴을 주무르고 있었던 것이다.

"너……, 뭘 하는 거야?!"

카임은 목소리를 억누르며 외쳤다. 자신이 무슨 상황에 놓였는지 모르겠다. 어째서, 자신이 수인 메이드의 가슴을 잡고 있는 것일까?

"뭘 하냐니…… 카임 님 쪽에서 주물러 왔어요."

"내, 내 쪽에서……?"

그런 말도 안 되는……이라고 생각하면서도, 머리 한구석에서 '어쩌면……'이라는 의심이 생겼다.

최근 카임은 매일 밤 끊임없이, 같이 여행하는 세 미희와 몸을 섞었다.

이미 세 사람의 몸을 만지작거리며 애무하는 일은 일상의 일부다. 평상시 버릇으로 자면서도 옆에서 자고 있던 티를 끌어안고 만 것일지도 모른다.

"미, 미안하게 됐군. 아무래도 잠결에 한 모양이야……. 용서해 줘."

"상관없어요. 그보다도…… 계속해 줬으면 좋겠어요."

"계속이라니……. 이거 봐, 여기는 마경이라고."

세계에서 손꼽히는 위험 지대인 마굴 안에서, 안전한 텐트 안이라고는 해도 남녀가 불장난을 할 수는 없다. 얼마나 조심성이 없는 거냐며 혼나고 말 것이다.

"하지만…… 이렇게 되어버리면, 이제 몸이 근질거려서 잘 수 없어요. 내일에 지장이 가버려요……."

"아, 아니……, 그런 말을 해도 말이지……."

"애당초, 시작한 건 카임 님이에요. 책임을 져줬으면 좋겠어요."

"윽……!"

티가 복숭아 같은 엉덩이를 좌우로 움직이며, 밀착한 카임의 가랑이를 자극해 왔다.

떨어지려고 해도 좁은 텐트 안이다. 도망칠 곳도 없어서 하반신에 점점 기운이 차고 말았다.

"괜찮아요. 다른 모두는 자고 있어요. 피곤할 테니 목소리를 조금 낸 것 가지고는 눈을 뜨지 않아요."

텐트 안에서는 균등하게 고른 숨소리가 들린다. 티가 말한 것처럼, 밀리시아 일행은 조금 가지고는 일어나지 않으리라.

"……조금만이야."

"흐앙!"

카임은 체념하고서 양손을 움직였다. 하겠다고 결정한 이상 망설이지는 않는다.

서둘러 절정에 이르게 해 버리자고 생각하며 양손의 손가락을 약동시켰다. 마치 숙련된 피아니스트처럼 열 개의 손가락을 구사해서 티의 가슴을 괴롭혔다.

"카임 님…… 그렇게 하면, 목소리가 나와 버려요……."

"네가 하라고 했잖아. 참아라. 다른 녀석들이 일어나면 뒤로 미룰 거라고."

"그럴 수가아……, 으아앙!"

티가 자신의 손가락을 깨물고서, 어떻게든 새어 나오는 목소리를 막으려고 했다.

"으윽……후우, 후우……응, 앗……아흐아……!"

부드러운 가슴을 움켜쥐고서 몰랑몰랑 형태를 바꾸게 만들고, 끝부분에 달린 돌기를 두 손가락으로 집고서 비볐다. 두 개의 구체를 좌우 대칭으로 움직이기도 하거니와, 굳이 좌우 따로따로 자극을 줘서 괴롭히기도 했다.

카임의 손가락 움직임에 맞춰서 자유자재로 형태를 바꾸는 가슴은 최고의 장난감이라서, 아무리 가지고 놀아도 전혀 질리지는 않았다.

"으응……, 흐응, 크흐으으으으응……."

티가 목소리를 억누른 채, 한층 더 애절하게 울었다.

반라의 몸이 움찔움찔 잘게 떨리며 튀더니…… 이윽고 힘이 쭉 빠졌다.

아무래도 절정에 다다른 모양이다. 카임은 해냈다는 마음이 들어서 손을 떼고 가슴을 놓아줬다.

"만족한 모양이로군. 그럼, 슬슬 쉬어……."

"하아, 하아……. 티는 괜찮지만, 카임 님은 아직 만족하지 않았어요."

"윽……!"

티가 절정의 여운에 잠기면서도 손을 뻗어서 자신의 엉덩이 뒤에 있는 카임의 '검'을 움켜쥐었다. 그녀는 두 개의 언덕을 가지고 놀았던 탓에 완전히 커져서 듬직해지고만 '검'을 사랑스럽게 쓰다듬으며, 요염하게 말을 꺼냈다.

"티의 여기를 마음껏 써 주셔도 되니까 부디 가라앉혀 주세요. 사양하실 필요는 없어요."

티가 메이드복 치마를 들쳐 올리며 붉은 속옷에 감싸인 엉덩이를 드러냈다.

따끈따끈 뜨겁게 달아오른 그곳에 카임의 '검'을 유도했다.

"음……."

참기 힘든 욕구에 카임은 잠시 갈등했지만…… 이윽고 밀려드는 정욕의 폭풍에 저항하기를 포기하고서, '검' 끝을 뜨겁게 샘솟는 샘에 가져다 댔다.

다음 날, 다음다음 날에도 비슷한 하루가 이어졌다.

로터스의 안내로 숲을 나아가고, 마물이 나오면 카임 일행이 대처한다. 그 과정의 반복이었다.

"그……, 그럼, 이제부터 '심층'에 들어가여!"

그리고 '류카온 숲'에서 보내는 나흘째 아침. 로터스가 긴장으로 가득 찬 혀 짧은 말투로 선언했다.

사흘 동안 이어진 여로로 숲의 중층을 답파하고, 마침내 숲의 심부에 발을 들이게 된 것이었다. 중층보다도 더욱더 위험도는 뛰어오르지만…… 여기를 빠져나가야 제도에 다다를 수 있다.

숲 심층의 풍경은 중층과는 더욱더 양상이 다르다. 나무들의 크기가 배 이상으로도 높아지고, 덤으로 줄기나 가지는 금색. 잎은 은색으로 빛나고 있었다. 너무나도 농후한 마력으로 인해, 식물이 돌연변이를 일으키는 것이다.

"마침내 '심층'에 도착했는데…… 뭔가 주의 사항은 있나?"

"없어여. 아무것도."

카임이 로터스에게 묻자, 의외의 대답이 돌아왔다.

"없다니…… 구명줄은? 사람을 헤매게 만드는 동식물은 없는 건가?"

렌카가 의아하게 묻자, 로터스가 절레절레 고개를 내저었다.

"중층은 마물과 벌이는 서로 속고 속이기, 엄격한 자연과의 싸움이었어요……. 하지만, 심층은 어쨌거나 강한 마물과 벌이는 싸움이에여."

로터스의 말에 따르면…… 마경의 심층부에는 그냥 강한 마물이 서식해서, 약한 마물은 서식할 수 없다. '워킹 트리' 등도 존재하지 않는다고 한다.

"숲의 주인…… '류카온'이라는 마랑(魔狼)도 여기에 있어요. 심층을 빠져나가기 위해서 필요한 것은 왕도적인 강함이나, 강자의 눈에서 벗어날 수 있는 잠복 능력이에여……."

로터스만이라면 잠복 능력으로 류카온을 비롯한 마물을 지나가게 할 수 있으리라. 이번에는 카임 일행이 동행하기 때문에 숨을 수가 없어서, 마물과 싸워서 강경하게 통과해야만 하게 되었다.

로터스는 겁먹은 기색으로 잘게 몸을 떨었다. 그 모습은 포식자를 앞에 둔 토끼 그 자체였다.

"무서운 일을 겪게 해서 미안해요……. 하지만, 우리는 무슨 일이 있어도 제도에 가야만 해요……."

"너는 우리가 지켜 내겠다. 그러니 이대로 안내해 줘."

밀리시아와 렌카가 위로하듯이 말하자, 로터스가 떨면서도 고개를 끄덕여 주었다.

아무래도 요 며칠 동안 다소나마 신뢰 관계가 생긴 모양이다. 안색은 나쁘지만 발걸음에 망설임은 없었다.

"걱정하지 않아도, 너를 다치게 할 생각은 없어. 마물이 나오면, 여태까지처럼……."

『샤아아아아아아아아아아아아앗!』

"내가 죽이겠다."

지면에서 튀어나온 거대한 지렁이 괴물.

인간을 통째로 삼킬 만큼 거대한 입을 벌리고서 덮쳐왔지만…… 그 긴 몸이 한순간에 가로로 둥글게 베였다.

투귀신류·기본 형태——【청룡】.

카임이 압축한 마력을 칼날로 바꾸어 휘둘러, 지렁이 괴물을 토막토막 베어 찢은 것이다.

"'타이런트 웜'……. 심층의 마물을 한순간에 쓰러뜨려 버렸어여……."

"아아……, 이 녀석이 심층의 마물이로군. 나름대로 강한 것 같지만, 이 정도라면 대처할 수 있겠어."

카임은 딱히 이겨서 의기양양해하지도 않고 당연하다는 듯이 고개를 끄덕였다.

실제로, 그렇게까지 강하다고 느끼지는 않았다. 그저 커다랗기만 할 뿐이다.

"그 크기가 성가신데여……."

"아아……, 카임 님이니까, 어쩔 수 없어요."

"카임 씨니까요오……."

"당연히 우리라면 고전했겠지……. 신경 쓰지 않는 편이 좋아."

멀거니 서 있는 로터스를 향해, 다른 세 사람이 달래듯이 말을 걸었다.

카임의 무지막지한 힘에는 이미 익숙해졌다. 이제 와서 놀라서야 끝이 없다.

"카임 씨가 있으면 괜찮아요. 마음 푹 놓고서 가죠."

"……알겠습니다. 예여."

밀리시아에게 등을 떠밀려서, 로터스가 앞으로 나아갔다.

이리하여 카임 일행은 숲의 심부로 발을 내디뎠다.

이곳을 넘어가면 제도까지는 조금만 더 가면 된다. 밀리시아를 제도로 데려다주는 여행에도 끝이 보이기 시작했다.

하지만…… 카임 일행은 금세 알게 된다. 자신들의 여행이 순조롭게 끝날 리가 없다는 사실을.

여태까지 몇 번이고 도중에 트러블에 휘말렸던 것처럼, 이 숲도 평범하게 끝내 주지는 않는 것이었다.

숲의 심층에 발을 들인 지 몇 시간 후.

카임 일행은 숲의 주인인 거대한 마물── '류카온'과 맞닥뜨리게 되었다.

"…………!"

등줄기를 찌르는 날카로운 전율. 그 순간이 찾아왔다는 사실은 금세 이해할 수 있었다.

처음에 그 존재의 출현을 깨달은 이는 카임이었다. 뛰어난 오감을 가진 수인 티나 로터스보다도 먼저, '그것'이 접근한다는 사실을 알아차렸다.

"물러서라! 내 뒤로!"

"햐윽?!"

강자만이 가질 수 있는 직감 같은 감각이 움직인 것일까? 카임은 누구보다도 먼저 그 존재를 깨닫고서 행동을 일으켰다.

그는 앞을 걷던 로터스의 배낭을 움켜쥐고서 힘껏 뒤로 내던졌다.

"어훙?! 카임 님?!"

"오지 마! 다들, 물러서라!"

로터스를 받아낸 티가 놀라서 소리를 질렀지만, 카임은 뒤를 돌아보지 않았다.

이 존재를 앞에 두고서 시선을 돌린다는 어리석음을, 어떻게 범할 수 있을까?

"아니……?!"

"흐엑……?!"

그 직후, 그것은 눈앞에 나타났다. 소리도 냄새도 전조는 아무것도 없었다.

여유롭게 왕자(王者)의 풍격을 풍기며, 지면에 떨어진 나뭇가지 하나조차 부러뜨리지 않고, 가지와 잎을 떨리게 하지도 않고 눈앞에 군림한다.

"류카온?! 그것도 '우두머리'가 나오다니?!"

티에게 지탱받은 로터스가 거품을 물 듯이 외쳤다.

압도적인 존재감을 내뿜으며 출현한 것은 몸길이 4미터쯤 되는 늑대였다.

흰 체모. 붉은 눈. 통나무처럼 굵은 네 발로 지면을 힘껏 디딘 모습은 한없이 웅대해서, 무서운 외견인데도 어딘가 장엄하기조차 하다.

그것은…… 곤두선 굵은 체모 한 올 한 올에서 강렬한 위압감을 뿜으며 압도적 강자의 오라를 온몸에 두르고 있었다.

숲의 주인── '류카온'.

강력한 동식물이 낮과 밤, 생존 경쟁을 펼치는 마경. 그 생태계의 정점에 군림하는 마랑왕(魔狼王)의 현현이다.

"류카온은 '후작급' 마물이라고 들었는데…… 얘기가 다르군."

눈앞에 나타난 거대한 늑대에게서 의식을 피하지 않고서, 카임이 살짝 중얼거렸다.

'후작급'은 여러 모험가 파티가 공동으로 맞서서 간신히 토벌할 수 있는 마물이다. 하지만…… 눈앞에 있는 마물은 그런 수준을 아득히 뛰어넘었다.

몇백, 몇천의 기사나 병사가 맞서도 쓰러뜨릴 수 없을 만큼 강한 강자의 오라가 느껴졌다.

"""…………."""

실제로 티나 렌카, 밀리시아는 할 말을 잃고 멀거니 서 있다.

목소리를 내면 노려질지도 모른다는 현명함 때문이 아니라, 압도적인 위압감에 삼켜져서 할 말을 잃은 것이다.

그래도…… 유일하게, 이 숲에 정통한 안내인인 로터스만이 가까스로 떨리는 목소리를 쥐어짜 냈다.

"그, 그건 류카온을 통솔하는 무리의 우두머리예여! 다른 류카온보다도 훨씬 휘어어어얼씬 강해여!"

"무리의 우두머리……. 그렇군, 어쩐지 얼굴이 무섭게 생겼다 싶었어."

카임은 이해했다는 듯 고개를 끄덕였다.

류카온이란 이 마경에 서식하는 늑대종 마물을 가리킨다.

정확한 개체 수는 밝혀지지 않았지만, 숲에서 백 마리쯤이 서식하고 있지 않을까 하고 사전에 로터스가 말했다.

널따란 숲의 면적을 생각하면 상당히 적지만…… 류카온 한 마리 한 마리가 '후작급'의 힘을 가지고 있다면 너무 많을 지경이다.

"이 늑대는 류카온 무리의 우두머리…… 강함은 '공작급'쯤 될까."

일찍이 상대한 적 없는 강적의 등장에 카임의 등에도 땀이 번졌다.

'공작급'은 일군의 기사단이 토벌대로 파견되는 수준의 마물로, '독의 여왕' 같은 '마왕급'에 버금갈 만큼 강하다.

카임은 '여왕'의 힘을 잇기는 했지만…… 실전 경험이 부족해서 그 힘을 만전으로 다룬다고 할 수는 없다. 눈앞의 거대 늑대는 현재의 카임보다도 명백히 격이 높은 적이라고 할 수 있으리라.

"으르르르르릉……."

"응……?"

거대 늑대가 울음소리를 흘렸다.

땅 밑바닥에서 울려오는 것 같은 중저음이었는데…… 문득 귀 안쪽에 울려오는 음성이 있었다.

『강한 자여. 여기를 통과하고 싶거든 힘을 보여라.』

"이 목소리는……?"

설마…… 눈앞에 있는 늑대가 말하는 것인가? 그것이 인간의
언어는 아닐 터인데 의미를 이해하고 마는 것은 어떤 원리일까?

"……갑자기 나타나서 힘을 보이라니 제멋대로인 놈이군. 영
역에 들어간 것도 아닐 텐데."

로터스는 뛰어난 안내인이다. 숲을 안내하면서, 물론 류카온
의 영역은 피해 왔을 터.

그렇다고 해서 눈앞에 있는 거대 늑대의 눈에 '굶주림'은 없
다. 카임 일행을 먹이로 노리는 것도 아닌 듯하다.

"영역을 어지럽힌 것도 아니고, 포식하러 온 것도 아니다…….
즉, 우리에게 괜한 트집을 잡아 싸움을 거는 거로군."

카임은 한 걸음, 앞으로 나아갔다. 싸움을 걸어온다면 어쩔
수 없다.

적극적으로 싸우고 싶은 상대는 아니지만…… 싸우지 않으면,
앞으로 나아갈 수 있을 법하지도 않았다.

"싸워주지. 덤벼라!"

카임의 온몸에서 막대한 마력이 흘러넘쳤다. 용암의 분출처럼
뿜어져 나온 '독'의 마력으로 인해, 지면의 풀이 메마르고 흙이
썩어간다.

"까악!"

"도, 도망쳐요!"

동행하는 네 여성이 나무들 그늘로 도망치고, 두 마리의 '괴
물'은 정면에서 대치한다.

'독의 왕'과 '마랑왕'. ……상식을 벗어난 괴물끼리 벌이는 싸

움이 시작되었다.

"오오오오오오오오오오오오오오옷!"

카임이 온몸에서 마력을 최대한으로 쥐어짜 냈다.

이 여행 도중에, 몇 번인가 강적이라 부를 만한 적과 싸워왔지
만…… 이 정도까지 힘을 내야만 하는 적은 처음이다.

사양할 필요는 없다. 사양할 생각도 없다. 카임은 처음부터
최대 출력으로 마력을 방출해, 눈앞에 있는 난적에 맞섰다.

"자독마법(紫毒魔法)──【니드호그】."

카임의 몸에서 뿜어진 막대한 양의 마력이 용의 형태로 바뀌
었다. 액상화한 독의 용이 마랑왕을 노려서 기세 좋게 뿜어졌다.

"받아라!"

"으르렁!"

마랑왕이 등 뒤로 뛰어서 독룡을 회피했다. 맹독이 지면을 먹
어 치워서, 초목과 흙이 녹아 구덩이가 생겼다.

"도망치는 거냐! 잡아먹어라!"

카임은 독을 조작해서 마랑왕을 추격했다.

강산을 띤 용이 나무들을 휘말리게 하며 꿈틀거리면서 뛰어다
니는 마랑왕을 쫓아간다. 마랑왕은 네 발로 날다시피 나무들 사
이를 가로질러, 산성을 띤 큰 뱀이 스쳐 지나가게조차 하지 않
는다.

"으릉!"

그러기는커녕, 마랑왕은 독을 재빨리 빠져나가서 카임에게 공
격을 걸어왔다. 카임을 노려 통나무 같은 거대한 앞발과 완만하

게 구부러진 사벨 같은 발톱을 휘둘렀다.

"큭……!"

카임은 자세를 낮추고서 마랑왕의 팔을 피했다. 제대로 몸에 맞았더라면 압축 마력의 방어를 찢고서 카임을 세 조각으로 갈랐을지도 모른다.

"가아아아아아아아아아아아아아앗!"

"아니……?!"

카임은 회피에서 곧바로 공격으로 전환하려고 했지만, 마랑왕의 포효가 그 몸에 쏟아졌다. 폭음 같은 울음소리가 충격파로 바뀌어 카임을 날리고, 그 몸을 그대로 후방의 거목에 내동댕이쳤다.

"윽……, 그쪽도 마찬가지로 원거리 공격을 할 수 있다는 거냐. 제법인데……!"

"가아아아아아아아아아아아아아앗!"

"두 번이나 당하겠냐!"

카임이 옆으로 뛰어서 다시 쏟아진 충격파를 피했다.

"【비독(飛毒)】!"

그 후 지면을 굴러서 곧바로 자세를 바로 세우며 독의 탄환을 쏘았다.

라이플처럼 정확히 겨냥한 독의 탄환이 포효를 지른 직후에 움직임을 멈췄던 마랑왕에게 명중했다. 흰 체모에서 탄 것처럼 흰 연기가 피어나고 산성의 약품 냄새가 풍겼지만…… 효과는 약했다.

마랑왕은 눈동자를 번뜩 움직여서 카임을 노려보았다.

"강철을 녹이는 강산을 맞았는데 그 대미지냐고……. 무시무시하게 단단한 체모로군."

덤으로 속도와 힘까지 겸비했으니 전혀 틈이 보이지 않는다.

"으르릉!"

"음!"

마랑왕이 다시 접근해서 앞발을 휘둘러왔다.

하지만…… 이번에는 피할 수 없다.

카임은 압축한 마력을 팔에 두르고 참격으로 바꾸어 맞받아쳤다.

"투귀신류·기본 형태——【청룡】!"

칼날로 바꾼 압축 마력이 마랑왕의 발톱과 충돌했다.

카임의 팔에 깃든 마력의 칼날이 마랑왕을 베어 찢으려고 한다. 마찬가지로 마랑왕의 앞발에 난 발톱이 카임을 잡아 찢으려고 한다.

마력의 칼날과 늑대의 발톱. 필살의 일격이 정면에서 맞부딪치며, 서로 힘을 깎아내며 불꽃을 흩뿌린다.

"윽……!"

"커홍!"

충돌의 결과는…… 무승부.

필살의 일격이 서로 상대를 튕겨냈다.

카임이 팔에서 피를 흘리며 날아가 지면을 굴렀다. 마랑왕 또한 마찬가지로 반대쪽 지면을 굴렀다.

"아야……!"

팔에 퍼지는 날카로운 통증. 카임이 몸을 일으켜서 어금니를 악물었다.

보아하니 카임의 팔이 발톱에 베여서 피를 흘리고 있었다. 상처는 뼈까지 다다를 만큼 깊다. 평범한 사람이라면 치명상을 입었으리라.

"위력도 호각…………은 아니로군."

카임은 분하게 신음하면서, 살짝 떨어진 곳에 구르는 마랑왕을 노려보았다.

호각의 맞부딪침에 의한 상쇄. 얼핏 그렇게 보였던 공방이었지만…… 대미지의 차이는 역력했다. 카임이 팔을 찢겨서 피를 흘리는 데 비해, 마랑왕은 발톱이 하나 빠졌을 뿐 눈에 띄는 상처가 없었다.

"으르르르릉……."

아니나 다를까, 마랑왕이 금세 일어나서 이쪽에 으르렁대는 소리를 내온다.

"이건 곤란하군……. 진짜로 강하잖아."

카임은 표정을 일그러뜨리면서, 상처 입은 팔을 쓰다듬으며 마력을 흘려 넣었다.

마력을 이용한 치유력 강화. 투귀신류의 그것은 일반적인 전사가 쓰는 그것과는 차원이 다르지만, 이 정도의 대미지를 바로 완치할 수는 없다.

'이쪽은 한 팔을 쓸 수가 없어. 그리고 상대는 거의 대미지가

없지. 곤란하게 됐군……. 아버지 이상의 강적이잖아.'

압도적인 힘으로 승리를 계속 거둬온 카임조차, 눈앞에 느긋하게 군림하는 마랑왕을 쓰러뜨릴 수 있는 비전이 떠오르지 않는다.

'독의 왕'이 되고 나서 처음으로 느끼는 진정한 목숨의 위기. 등줄기에 축축하게 식은땀이 배어 나온다.

"지금의 나로서는 이길 수 없어. 그렇게 되면…… 한계를 넘어선 그 앞, 더 레벨을 올릴 필요가 있을 법하군."

사신이 등 뒤에 서서, 칼날을 목덜미에 들이대는 감각을 느꼈다. 목숨을 잡아 뜯으려고 하는 감각에, 카임은 정신이 예민해지며 시간이 압축되는 것을 느꼈다.

죽음의 공포보다도, 예감이 든다. 이 적을 쓰러뜨리면 자신은 더 강해질 수 있다는 예감이.

그리고…… 자신이라면 반드시, 거기에 다다를 수 있다는 확신이 있다.

"후우……."

카임은 극한까지 감각을 예민하게 벼려서, 마력을 가다듬고 또 가다듬었다.

아까처럼 쓸데없이 흘리지는 않는다. 막대한 마력을 한 방울조차 놓치지 않고, 압축 마력으로 재구축한다.

"으르르르릉……."

마랑왕은 힘을 가다듬는 카임에게 추가 공격을 하지는 않고, 간격을 재서 상태를 엿보고 있었다. 카임을 시험하는 것인지,

그렇지 않으면 우습게 보는 것인지…… 어느 쪽이든 카임에게는 상황이 좋다.

'그대로 여유를 부리라고……. 바로 쫓아가 주마.'

사람은 죽기 직전, 뇌가 활성화되어 한순간에 수십 년의 인생을 추체험한다고 한다.

카임 또한, 일찍이 없을 만큼 가까이에 밀려드는 '죽음'을 앞에 두고서, 그것과 가까운 영역에 이르렀다.

마력을 가다듬으면서, 뇌 내에서 무수한 프랙티스(유사 실전)을 되풀이한다.

몇십 번, 몇백 번 패배를 반복하면서, 저세상만큼이나 떨어진 실력 차이를 한 걸음씩 메워간다.

카임은 잠재력이 높은 것치고, 자신보다도 강한 상대와 싸운 경험이 극단적으로 적다.

명백히 격이 높았던 적이라고는 아버지인 케빈 하르스베르크 정도이리라.

자신보다도 약한 상대와 싸워서 얻을 수 있는 경험 따위는 없다. 전사를 성장시키는 것은 강적과의 싸움. 목숨을 서로 깎는 사투뿐이다.

카임은 투귀신류라는 동방무쌍의 옛 무술을, 아버지와 쌍둥이 여동생의 단련을 훔쳐보기만 해서 습득했다. 그 압도적인 무술의 재능…… 거대한 다이아몬드의 원석이 일찍이 없던 목숨의 위기로 인해 고속으로 연마되어 형태를 만들어 간다.

"오케이. 준비 완료다."

압축된 시간 속에서 마랑왕과 연달아 싸움으로써, 카임은 눈앞에 있는 적을 물리칠 수단을 구축했다. 카임의 온몸을 극한까지 가다듬은 압축 마력이 감쌌다.

"투귀신류·비오(秘奥)의 형태——【치우(蚩尤)】!"

그것은 일찍이, 아버지가 카임을 죽이기 위해서 사용한 오의.

고작 한 번, 눈으로 보기만 했을 뿐인 투귀신류의 비기가 한 천재의 손에 의해 재현된다.

"으릉?!"

아까 전까지 상태를 엿보기만 하던 마랑왕이 크게 도약해서 카임과 거리를 벌렸다.

공격을 받은 것은 아니다. 마법의 발동을 감지한 것도 아니다. 그저…… 카임의 몸에서 뿜어지는 위압감이 명백히 성질을 바꾸었다는 사실을 깨달은 것이었다.

"야생의 감인가……. 역시 대단하군."

경계하는 마랑왕에게 칭찬을 선사하면서…… 카임은 자신의 몸 상태를 확인했다.

투귀신류·비오의 형태——【치우】.

그것은 투귀신류에 여덟 개 존재하는 비기 중 하나이자, 인간의 마력 원천인 차크라를 모두 해방함으로써 한계를 뛰어넘은 마력을 방출하는 기술이다.

통상적으로, 인간은 여덟 개의 차크라 중 하나밖에 해방할 수 없다. 달인이라 불리는 전사나 마법사라 해도, 세 개나 네 개가 고작이다.

그것을 동시에 여덟 개나 해방하는 것은 아슬아슬한 기예를 뛰어넘은 자살 행위. 온몸의 마력을 다 써서 쇠약사할 우려가 있는 거친 기술이었다.

카임의 아버지인 케빈도 【치우】의 발동 시간을 5분으로 제한하는데, 그 이상의 시간을 계속 쓰면 마력을 쥐어짜여서 건어물이 되어 버리리라.

"내 마력으로도 고작 10분이 한계인가⋯⋯. 다루기 까다로운 기술이로군."

어쨌거나⋯⋯ 카임은 움켜쥐었다. 최강의 무술인 투귀신류의 진수, 그 편린을.

"비오의 형태는 전부 여덟 개. 이로써 한 가지 습득할 수 있었다 치고⋯⋯ 나머지는 일곱 개인가."

카임은 나머지 일곱 개가 어떤 기술인지조차도 모른다.

이럴 바에야, 아버지를 추궁해서 알아냈더라면 좋았을 거라고 아주 조금 후회했다.

"뭐, 됐어. 조만간 전부 다 내 것으로 만들어 주지. 그러기 위해서라도⋯⋯."

"으르르르르릉⋯⋯."

"눈앞에 있는 적을 쓰러뜨려야만 하겠군! 결판을 지을까?"

카임은 가볍게 어깨를 돌리면서, 으르렁 소리를 내는 마랑왕을 노려보았다.

싸움의 준비는 갖춰졌다. 남은 건 결판을 내는 것뿐이다.

"너와의 만남에 감사하지. 덕분에, 나는 또 강해질 수 있어⋯⋯!"

카임이 지면을 박차고, 마랑왕을 향해 도약했다.

이제 잔재주는 부리지 않는다. 정면에서 거대한 늑대의 안면을 후려쳤다.

"캐앵!"

옆얼굴을 얻어맞자, 마랑왕이 처음으로 고통스러운 소리를 흘렸다.

"흥!"

카임은 그대로 마랑왕의 체모를 움켜쥐고서 힘껏 던져서 날렸다.

카임의 몇 배나 커다란 마랑왕이 저항도 하지 못한 채 허공을 날아갔다.

"가아아아아아아아아아아아아아아앗!"

그래도, 역시나 마경의 주인이다.

마랑왕은 공중을 회전하면서 카임을 향해 포효의 충격파를 쏘았다.

"하아아아아아아아아아아아아아아앗!"

하지만 카임 또한 배 밑바닥에서부터 소리를 지르며 충격파를 상쇄했다.

카임에게는 소리나 목소리를 조종한다는 능력이 없다. 그저 배에 힘을 넣어서 힘껏 소리를 내고서, 그 노성만으로 억지로 포효를 없앴을 뿐이다.

"그저 고함만 쳐도 그게 공격이 된다……. 이게 바로 【치우】!"

카임은 팍팍 용솟음치는 힘에 흥분하면서 날아가는 마랑왕을 향해서 거리를 좁혔다. 마랑왕이 지면에 착지함과 동시에 접근해 오는 카임을 발톱으로 맞받아쳤다.

"흥!"

일본도처럼 날카로운 발톱이 덮쳐왔지만, 카임은 그것을 손등으로 쳐서 깨부쉈다.

그리고 무방비해진 마랑왕의 몸체에 보디블로를 먹었다.

"캐앵!"

"으랏차……, 이야압!"

보디블로의 타격에 겁먹은 마랑왕을 향해 이번에는 혼신의 발차기를 쏟아부었다.

마랑왕의 거구가 공처럼 튀면서 지면을 굴러가 거목의 줄기에 충돌했다.

그저 때린다. 그저 찬다. 【치우】를 발동시키면 온갖 신체 능력이 향상돼, 때리거나 차기만 하는 행동이 필살의 일격으로 변화한다.

그 대신, 【청룡】이나 【기린】 같은 다른 기술을 발동할 수는 없다. 차크라 해방에 의한 막대한 마력을 유지하는 것이 고작이라서, 그 이상의 기술을 쓸 수 없는 것이다.

'미숙하기 그지없지만…… 그걸로 됐어. 지금은 그걸로 충분해……!'

마치 용을 삼킨 것처럼 힘이 솟아난다.

작열하는 마그마처럼 분출하는 에너지를 타격으로 바꾸어, 때리고, 때리고, 때린다.

'좀 더야! 좀 더 좀 더 강하게……!'

카임은 한계를 뛰어넘어서 강화된 육체로 마랑왕을 두들겨 패면서……마음속으로 외쳤다.

좀 더 강하게. 좀 더 빠르게. 어디까지고…… 한계를 뛰어넘은 그 앞까지, 오로지 때린다!

"아아아아아아아아아아아아아아아아아아앗!"

"커……흥……."

그러는 사이에, 어느샌가 마랑왕은 움직이지 않게 되었다. 지면에 엎드려서 그대로 힘없이 울고 있었다.

카임은 전투가 끝났다는 사실을 깨닫고서, 마랑왕을 구타하는 손발을 멈추었다.

"끝났다……."

끝났다. 이겼다.

전투는 종료했다. 【치우】가 발동한 지 10분이 지나지 않은 사이 생긴 일이었다.

너무 간단하게 끝나서 맥이 빠지기조차 한다. 가능하면, 좀 더 싸우고 싶었다는…… 그런 생각조차 가슴속에 있었다.

"음……."

【치우】를 해제하자 몸을 감쌌던 만능감이 사라져 간다.

대신 찾아오는 것은 성취했다는 만족감을 내포한 허탈감. 마라톤 완주…… 혹은 격렬한 섹스를 마친 직후 같은 감각이다.

"카, 카임 씨?"

"끝났나요……?"

싸움이 끝난 것을 가늠해서 피난했던 동료들이 돌아왔다.

밀리시아와 렌카가 나무 그늘에서 카임 쪽을 들여다보고, 쓰러진 마랑왕의 모습에 안도의 숨을 쉬었다. 등 뒤에는 로터스를 끌어안은 티의 모습도 있었다.

"카임 님, 괜찮으세요?"

"그래, 상당히 아슬아슬했어. 한 걸음 잘못 디디면 죽었겠지."

최종적으로는 완승이었지만…… 목숨을 잃게 되어도 이상하지 않은 싸움이었다.

실제로, 카임이 뇌 내에서 전개한 시뮬레이션에서는 천 번은 더 살해당했다.

"어, 어째서, 왕이……."

"응……?"

"왕은, 인간을 쓸데없이 습격하지 않을 거예요……. 왜냐하면, 현명하고 싸움을 좋아하지 않으니까……."

티에게 끌어안긴 로터스가 떨리는 목소리로 말했다.

"먹기 위해서가 아니고, 영역을 어지럽힌 것도 아니고…… 그런데 사람을 습격하다니, 말도 안 돼여……."

"말도 안 된다라…… 뭐, 확실히 처음부터 묘했었지."

카임은 눈을 가늘게 뜨고서 지면에 엎드린 마랑왕을 보았다.

습격해 왔을 때 입에 담았던 『힘을 보여라』라는 말의 진의도 모르겠고, 전투 중에도 살기 같은 감각은 느낄 수 없었다.

마랑왕은 카임을 죽이려고 했다기보다도, 정말로 실력을 시험했던 것은 아닐까?

"이 녀석은 아마 살살 했을 거야. 온 힘을 다해 죽일 생각으로 덮쳤다면, 【치우】를 썼다고 한들 간단히 승리할 수는 없었을지도 모르겠군."

끝나고 보니 느낀 솔직한 감상이다.

마랑왕은 강하다. 너무나도 강했다.

지금의 카임으로서는…… 어쩌면 카임의 힘의 원천인 '독의 여왕'조차도 쉽사리 승리를 거둘 수는 없을 강적이었다.

"네 목적은 뭐지? 대체 뭘 위해서, 우리를 습격했지?"

"…………으르릉."

카임이 묻자…… 쓰러져 있던 마랑왕이 천천히 일어났다.

붉은 눈이 향하자, 카임의 뇌리에 인간 여성의 목소리가 울려 퍼져왔다.

『강한 자여. 감사한다……. 그리고, 그 아이를 맡기겠다.』

"뭐?"

『바라건대 함께 살아가라. 사랑하는 아이야, 인간의 아이는 인간과 함께 존재해라.』

"이봐, 무슨 이야기를……."

"그으으으으으으으으으으으으으으으으읏!"

카임이 물었지만…… 마랑왕은 그에 답하지 않고 놀랍게도 자신의 가슴을 발톱으로 찢었다. 그러자 새빨간 혈액이 뿜어져 나와 지면을 적시고, 검붉은 얼룩이 퍼져 나가 구역질 날 것 같은 비린내가 주변을 감쌌다.

"아니……."

"자살했어요?!"

카임은 물론이고, 그 자리에 있던 모두가 숨을 삼켰다.

스스로 가슴을 찢은 마랑왕은 더욱더 발톱을 안쪽으로 찔러서…… 이윽고 몸 안쪽에서 붉은 구체를 도려냈다.

"마, 마석……!"

로터스가 중얼거렸다.

마랑왕이 몸속에서 꺼낸 것은 마물의 마력이 응축된 핵…… '마석'이라고 불리는 것이었다. 마석은 어떤 마물에게나 존재하지만, 약한 마물, 젊은 마물의 것은 작아서 체내에서 발견하기도 어렵다.

하지만…… 마랑왕 정도 되는 오랜 마물의 마석은 인간의 머리 부분 정도 되는 크기였고, 색도 심홍색에 농후한 마력이 전해져 왔다.

『받, 거라……. 이건, 대……가…….』

"이봐! 멋대로 지껄이고서 죽지 말라고! 제대로 설명해!"

『………….』

카임이 외쳤지만…… 마랑왕은 이미 숨이 끊어져 대답하지 않았다.

카임이 초조해하면서 크게 혀를 찼다.

"결국, 뭘 하고 싶은 건지 모른 채 끝나는 거냐고. 정말로 뭘 하고 싶었던 건데……?"

"카임 씨……."

밀리시아가 안타까워 보이는 표정으로 카임에게 말을 걸었다.

카임은 자기가 어째서 이렇게 초조해하는지 모른다.

일찍이 없는 사투에 승리한 것에 대한 상쾌함은, 강적의 자살이라는 예상치 못한 최후에 날아가 버렸다.

혼자서 초조해하는 카임을 보자 동료들도 어쩌면 좋을지 몰라서 곤혹스러워했다.

"자, 자아, 어쨌거나 승리했다. 이런 곳에서 버티고 서 있어봤자 아무 소용 없어. 앞길을 나아가지 않겠나."

일동을 대표해서 렌카가 카임에게 말을 걸었다.

"…………"

"그 마석은 받아 가자. 마경의 주인에게서 나온 마석쯤 되면, 성을 살 수 있을 만큼 큰 금액이 붙을지도 모른다고."

"…………그렇군."

렌카의 말을 듣고, 카임도 크게 심호흡하고서 고개를 끄덕였다.

간신히 쓰러뜨린 강적이 자살하는 모습을 보여줘서 사나워져 있었지만…… 생각해 보면 마랑왕이 어떤 방식으로 죽음을 선택한들 아무래도 좋지 않나.

"……앞길을 서두르자. 피 냄새를 맡아서, 다른 마물이 모여들지도 몰라."

"그러네요……. 마경의 주인이 쓰러졌다고 하면, 이 숲의 생태계가 근본부터 무너지고 말지도 모르겠네요."

밀리시아의 말을 듣고 로터스가 끄덕끄덕 고개를 주억였다.

"마, 마랑왕이 쓰러지면, 다음 주인을 둘러싸고서 싸움이 일어나여. 빨리 도망치지 아느면 말려들어서…………, 흐에?"

로터스가 갑자기 말을 멈추고서 뒤를 돌아보았다.

그러자…… 숲의 덤불이 부스럭부스럭 흔들리더니 작은 그림자가 튀어나왔다.

"흐앗?!"

"아……?"

눈앞에 나타난 '그것'의 모습을 보고, 카임은 저도 모르게 숨을 죽였다.

덤불에서 튀어나온 것은 작은 몸집의 소녀…… 아니, '어리다'라고 할 수 있을 만한 나이의 여자아이였다.

"아아……, 우우……."

심벽색 머리카락을 기르고서 부스스하게 흐트러뜨린 소녀는 황금색 텅 빈 눈으로 카임을 바라보며 울었다.

"저기…… 여자애, 맞죠?"

"어째서, 이런 숲속에 소녀가……?"

갑작스럽게 나타난 어린 소녀의 모습을 보고서, 밀리시아와 렌카가 얼굴을 마주 보며 고개를 갸우뚱했다.

나이는 열 살을 못 채웠을 정도 같았다. 발목에 닿을 만큼 기다란 짙은 초록색의 머리칼은 부스스하다. 복장은 너덜너덜해진 하얀 로브 위에 짐승 가죽을 두르고 있었다.

야생아라고 부를 수밖에 없는 차림새다. 일찍이 숲속 오두막에서 혼자 살았던 시절의 카임조차 이보다 좀 더 나은 차림새를 하고 있었던 느낌이 든다.

"응……."

어린 소녀는 맨발로 타박타박 걸어와서, 쓰러진 마랑왕의 사체를 올려다보았다.

가슴에서 피를 흘린 마랑왕은 이미 목숨을 잃었다. 소녀는 슬픔으로 황금색 눈동자를 떨면서 카임 쪽으로 방향을 바꾸었다.

"응……."

"…………이봐."

어린 소녀가 카임의 곁까지 걸어와서 오른손을 움켜잡았다. 멍한 시선으로 올려다보는 그녀가 무슨 생각을 하는지 전혀 알 수 없었다.

"카임 님!"

"우……!"

그때, 티가 외쳤다. 동시에 카임도 주위의 이변을 깨달았다.

거대한 나무들이 우거진 깊은 숲속에서 삐걱삐걱 나뭇가리를 밟는 소리가 울리고, 호랑이처럼 커다란 늑대가 나타난 것이다.

한 마리가 아니다. 수는 열 마리 이상이나 된다. 마랑왕보다도 상당히 크기는 작지만…… 틀림없이 류카온 동료이리라.

"류카온 무리인 모양인데…… 적의는 없어 보이는군."

류카온 무리는 카임 일행을 개의치 않고서, 쓰러져 누운 마랑왕을 향했다.

그리고…… 무슨 생각을 했는지 마랑왕의 유해를 물어뜯고서 사체를 먹기 시작했다.

"동족 포식, 이에요……."

"뭘 하는 걸까요……?"

티가 미간을 찡그렸고, 밀리시아도 처참한 광경에 얼굴이 새파래졌다.

동료의 사체를 먹는 류카온의 모습을 보자 일동은 놀라움을 감추지 못했지만, 유일하게 로터스만이 사정을 아는 표정으로 입을 열었다.

"……우두머리 교체예여. 죽은 무리의 우두머리를 먹고서, 힘을 거두어들이는 거예여."

"힘을 거두어들여……?"

"마경의 마물은 피에도 살점에도 강한 힘이 깃들어 있어요……. 그것을 거두어들임으로써 젊은 개체가 힘을 축적하고, 다른 생물에게 힘을 빼앗기는 것을 막는 거 같아여……."

"그렇군……."

늙은 늑대의 유해를 젊은 늑대가 먹음으로써 체내에 쌓인 힘을 계승한다. 그렇게 해서, 일족의 힘이 약해지지 않게끔 하는 것이다.

류카온들은 마랑왕의 사체를 뼈도 남기지 않고 다 먹어 치우고서…… 카임 일행 쪽으로 시선을 옮겼다.

"…………?"

아니, 보는 것은 카임이 아니라 딱 달라붙어 있는 초록색 머리카락의 소녀였다. 류카온의 붉은 눈동자에 작은 소녀의 얼굴이 비쳤다.

"크응."

"크응."

그러자 그 자리에 있던 류카온 일행의 울음소리에 어린 소녀가 대답했다.

류카온 일행은 만족한 듯이 고개를 끄덕이고서 숲속으로 돌아갔다.

"혹시…… 이 애를, 맡긴 거 아니에요?"

티가 고개를 갸웃하면서 문득 떠오른 생각을 입에 담았다.

"지능이 높은 짐승이나 마물이 인간 아이를 주워서 키운다는 이야기를 들은 적이 있어요. 어쩌면…… 이 애도 그렇게, 류카온이 키운 게 아닐까요?"

"그런 말도 안 되는……. 마물이 인간을 키우다니……."

"저도 이상한 얘기라고 생각하기는 하지만…… 수인은 서로 마음이 통한 인간과 짐승이 교배해서 태어난 존재라는 전승이 있어요. 미심쩍기는 하지만요."

"…………."

티의 말은 믿기 어려운 내용이었지만…… 딱히 부정할 소재는 없다.

밀리시아도 같은 생각을 했는지 심각한 표정으로 고개를 끄덕였다.

"어쩌면…… 늑대의 우두머리가 마석을 뽑아서 우리에게 건넨 건, 아이를 맡기는 대가는 아니었을까요? 귀중한 마석과 맞바꿔서, 자신이 돌보던 인간 아이를 거둬달라고…… 그렇게 말했던 건 아닐까요?"

"그러고 보니…… 마지막에 그럴싸한 말을 했었지. '함께 살아

가라'였던가."

『바라건대 함께 살아가라. 사랑하는 아이야, 인간의 아이는 인간과 함께 존재해라.』

그것은 마랑왕이 마지막에 남긴 유언이었다. 의미를 알 수 없는 발언이었지만…… 그것은 카임 일행에게 한 말이 아니라, 이 소녀를 향해서 꺼낸 말인 것이다.

어찌 된 경위인지는 모르겠지만, 늑대 밑에서 자란 딸에게『숲을 나가서 인간으로서 살아가도록』이라 말하며 내친 것이었다.

"…………."

초록색 머리카락의 어린 소녀는 카임의 손을 움켜쥔 상태다.

마랑왕의……, 어머니의 명령을 지키는 것인지 카임에게서 떨어지려고 하지 않았다.

"놔두고 갈 수는…… 없겠지. 아무리 뭐라 해도."

마석을 받지 않았다고 하더라도, 마물이 설치고 날뛰는 마경에 소녀를 방치할 수는 없다.

카임은 포기한 듯이 어깨를 늘어뜨리고서 어린 소녀의 손을 맞잡았다.

"……좋다. 데리고 가 주마. 어디까지 함께하게 될지는 모르겠지만."

"……그러네요."

어찌할 바를 몰라 보이는 기색의 카임을 보고, 밀리시아도 난처한 미소를 띠었다.

마랑왕과 벌인 싸움. 수수께끼 소녀의 가입이라는 예상 밖의 사태가 일어나기는 했지만, 카임 일행이 나아가야 할 길은 변하지 않는다. '류카온 숲'의 심층을 오로지 전진한다.

"투귀신류——【기린】!"

"오오오오오오오오오오오오오오오옷!"

3미터 정도 키가 되는 거인을 압축 마력의 탄환이 꿰뚫었다.

기간트 피테쿠스라는 마물의 거구가 이마를 꿰뚫리자 지면에 쓰러져서 움직이지 않게 되었다.

카임은 마랑왕과 벌인 격렬한 싸움을 제압했지만, 그 후로도 심층의 마물에게 계속 습격받았다.

올려다볼 만큼 커다란 호랑이. 수십 개의 촉수를 번쩍 치켜든 식인 식물. 지면에서 갑자기 나타나는 거대 지렁이. 인간의 머리통 크기쯤 되는 파리 무리. 머리 두 개를 가진 맹독의 큰 뱀.

셀 수 없는 싸움이 덮쳐왔지만, 숲의 주인인 마랑왕조차 쓰러 뜨릴 수 있었던 카임에게 고전할 정도는 아니다.

동료를 지키면서 마물을 쓰러뜨리며 심층 안쪽으로 깊숙이 나아갔다.

"이, 이제 곧 심층을 넘을 수 있어……. 대, 대단한 속도예여……."

싸움을 마친 후 자리 잡고 앉아서 휴식하는 중에 로터스가 쭈뼛쭈뼛한 말투로 말했다.

로터스는 안내인으로서 일상적으로 '류카온 숲'에 발을 들이였지만, 그녀는 위험을 피해 숨어서 멀리 돌아가면서 숲을 빠져나간다.

싸움을 피하지 않고 직선으로 나아가는 카임 일행은 본래 여정을 절반 가까이 줄여서 진행할 수 있었다.

"이, 이대로 가면 오늘 안에 심층을 빠져나갈 수 있어여…….
숲을 빠져나가는 데도, 며칠 안 걸릴 거 가튼데……."

"응……."

혀 짧은 말투로 말하는 로터스였지만, 그녀는 류카온에게서 맡은 소녀──'리코스'와 손을 잡고 있었다.

비슷한 나이 또래끼리, 혹은 숲을 근거지로 하는 자끼리 공감대라도 싹튼 것일까? 몹시나 친밀하다.

부를 이름이 없으면 불편하다면서, 이름 없는 늑대 소녀에게 '리코스'라는 임시 이름을 붙여준 것도 로터스였다. 고대 언어로 '늑대'라는 뜻이라고 한다.

"무사히 빠져나갈 수 있을 것 같아서 다행이야. 제도에도 일찌감치 도착할 수 있을 법하군."

"네……. 저도 슬슬, 각오를 정해야만 하겠네요."

카임의 말을 듣고 밀리시아가 표정을 다잡았다.

"저는 아서 오라버니와 얘기를 나누겠어요. 가능하다면 싸움을 말리고 싶지만…… 그게 무리라면, 란스 오라버니 편을 들고 싶어요."

"흐음, 자기가 왕이 되겠다는 생각은 안 하는구나? 의외로 어울릴 것 같은데?"

"농담은 접어두세요, 카임 씨. 저 같은 미숙한 계집애가 황제 역할을 맡을 수는 없어요."

밀리시아가 씁쓸하게 웃었다.

스무 살도 못 채운 여자가 나라의 정점에 서는 일을 인정하지 못하는 사람이 더 많으리라.

인정하는 사람이 있다고 한다면, 밀리시아를 꼭두각시로 세워서 이용하려고 하는 자다.

"나는 란스인지 뭔지 하는 놈에 대해서는 모르지만…… 밀리시아가 그렇게 결정했다면 불만은 없어. 힘은 보태줄 테니 뜻대로 해라."

"네, 앞으로도 의지할게요."

밀리시아는 꽃이 흐드러지게 피듯이 아름다운 미소를 띠었다.

푸르게 빛나는 아름다운 두 눈에서는 카임에 대한 신뢰와 연모의 마음이 전해져왔다.

"…………."

카임이 끌려가다시피 밀리시아의 뺨으로 손을 뻗었다.

밀리시아 또한 거절하지 않고 받아들여서, 자신의 뺨으로 가져다 댄 카임의 손에 기분 좋다는 듯이 표정을 풀었다.

"응……!"

"음……?"

분위기가 무르익은 카임과 밀리시아의 모습을 보고서, 어째서인지 리코스가 뺨을 부풀리며 카임의 뺨을 꼬집어왔다.

도끼눈을 뜬 리코스. 혹시…… 질투라도 하는 것일까?

"아……. 무슨 생각을 하는 거야, 이 녀석은?"

"'여자아이'란 게 아닐까요? 여자는 태어날 때부터 여자예요."

"……무슨 뜻인지 모르겠군. 나 원 참, 손이 많이 가는 아이야."

카임은 밀리시아의 뺨에 댄 손을 떼고서 리코스를 안아 올렸다.

카임의 어깨에 올라탄 리코스는 무표정했지만 양손을 들어서 붕붕 흔들었다. 아마, 기쁨의 의사 표시이리라.

그렇게 주거니 받거니 하면서 나아가던 카임 일행은 마침내 숲의 출구에 도착했다.

"좋아……, 숲을 빠져나가자."

"아아, 속세의 공기는 상쾌해요!"

류카온 숲에 들어온 지 일주일. 커다란 문제 없이, 모두 '류카온 숲'을 빠져나갈 수 있었다. 오히려 인원수가 늘어난 것이 신기하다.

"가, 가까이에 마을이 있어요. 거기에 묵으며 쉬고 나서 제도로 향하면 돼여!"

"그래……, 여기까지 안내 수고했군. 보수는 직접 건네주면 되는 거지?"

"물론이에요…… 앗, 이렇게나 많이 주시는 건가여?!"

여기까지 안내해 준 로터스에게 금화를 가득 채운 주머니를 쥐여주었다.

사전에 제시받았던 보수액보다 세 배는 더 되는 금액이다. 팁 치고는 너무 많은 것 같은 기분도 들지만, 카임은 경제적으로 곤란하지 않으니 문제없다.

"멍청한 도적에게 빼앗은 공돈이야. 신경 쓰지 말고 받아둬."

"고맙습……니다. 덕분에 살았어여……."

로터스가 몇 번이나 고개를 숙였다.

그녀와 함께 여행한 것은 일주일 정도 되는 짧은 기간이었지만, 이제 작별하게 되자 서글픈 마음이 들었다. 그것은 카임 말고 다른 사람도 마찬가지였던 모양이라서, 여성진도 슬프게 로터스에게 이별을 고했다.

"아쉬워요……. 여기에서 작별이라니."

"맞아요. 이 숲에서는 완전히 신세 지고 말았어요."

"정말로 고맙다. 은혜를 입었군."

밀리시아, 티, 렌카가 순서대로 작별을 고하자, 로터스가 지극히 감격한 기색으로 눈 한가득 눈물을 머금었다.

"저, 저도 슬퍼요. 그런데…… 그 아이는 어쩔 건가여?"

로터스가 카임 곁에 있는 리코스에게 눈길을 주었다.

처음 만났던 당초에는 발목까지 기른 머리도 부스스하고 온몸이 진흙투성이였던 리코스였지만…… 현재는 그 나름대로 봐줄 만한 외견이 되었다.

머리카락은 여성진의 손에 정돈되고, 복장도 밀리시아가 가지고 있던 옷의 사이즈를 고쳐서 입혔다. 진흙을 닦고서 가꾼 피부는 하얗고 매끈매끈. 폭신폭신한 스커트 드레스를 몸에 걸친 리코스는 귀족 아가씨 같은 모습이 되어 있었다.

짙은 초록빛 머리카락과 황금색 눈동자에서는 고귀해 보이는 분위기도 감도는 게, 어쩌면 어딘가 귀족의 사생아일지도 모른다.

"제도까지 데리고 가나요? 위험하지 않나여?"

로터스에게는 제도로 향하는 목적에 관해서 이야기하지 않았다. 하지만 도중에서 느끼지는 분위기를 통해, 무언가 살벌한 사정이 있어서 제도로 향하는 것이리라고 알아차린 것 같았다.

"그렇군…… 역시나 제도까지 데리고 가는 건 문제가 있나."

카임도 동의해서 고개를 끄덕였다. 후계자 다툼으로 인해 내란 발생이 코앞까지 다가온 제국에서, 황족의 그늘 아래 있는 제도는 반드시 안전한 곳은 아니다.

아직 한참 어린 소녀를 데리고 가면 위험에 말려들 가능성이 있었다.

"그렇군요…… 오빠와 만나기 전에, 이 아이를 거둬줄 곳을 찾아야 하겠네요."

밀리시아가 잠시 생각하고 나서 입을 열었다.

"고아원이라면 거둬줄지도 모르지만…… 환경이 열악한 곳도 있어요. 이 아이는 마물에게 자라서, 사람의 말도 제 뜻대로 못해요. 아마 거둬줄 사람은 적겠죠."

제국은 유복한 나라였지만, 모든 고아에게 충분한 지원을 줄 수 있는 제도까지 정비되지는 않았다. 고아원은 영주나 유력 상인 등 유력자의 원조로 성립되는 경우가 많아서, 후원자 복이 없는 고아원의 대우는 상당히 나쁘다.

심한 곳이라면 아이를 노예로 팔아 치우거나 학대하는 곳도 있을 지경이다. 대충 아무 고아원에 두고 갈 수는 없었다.

"제도에 가면, 믿을 수 있는 사람이 원장을 맡은 수도원이 있어요. 거기라면 어떤 내력을 가진 아이라 해도 충분한 지원을 해줄 수 있을 거예요."

"즉, 결국은 제도까지 가야만 하는 건가……. 목적지는 바뀌지 않는군."

제도에 가서 곧바로 수도원에 맡기면 위험에 말려드는 일도 없으리라.

카임은 어쩔 수 없이 리코스를 제도까지 데리고 가기로 결정했다.

"그, 그럼 안심이네요……. 저는 이만 실례할게여……."

"실례한다니……. 이봐, 아직 마을에 도착하지도 않았는데 어딜 가는 건데. 저쪽으로 돌아간다고 해도, 마을에서 하루 자고 나서 돌아가면 어때?"

"괘, 괜찮아요. 야숙이라면 익숙하고, 숙소보다도 그쪽이 마음이 편하니까여."

"네가 좋다면 상관없지만…… 신세 졌군. 잘 지내라."

"넵, 여러분도 몸조심하세여."

로터스가 혀 짧은 목소리로 작별 인사를 하고 나서 류카온 숲으로 돌아갔다.

밀리시아나 티가 손을 흔들면서 마경의 안내인인 토끼 귀의 수인을 배웅했다.

"로터스 씨는 착한 아이였네요."

"어흥, 무척 귀여운 아이였어요. 이대로 여행에 데리고 가고 싶을 만큼요."

"……어린애만 늘려서 어쩌려고. 여기가 고아원이 되어버리
잖아."

카임이 어이없는 말투로 말하며 숲 옆에 있는 마을로 발길을
향했다.

"그럼, 마을에서 쉬고 나서 제도로 출발할까……. 마침내, 이
여행도 끝이 다가오는 것 같군."

밀리시아와 만나게 돼서 시작된 제도를 향한 여행도 마침내
대단원이다.

카임은 경호원으로 고용돼 동행했지만, 머지않은 미래에 그
일도 끝나게 되리라.

'그렇다고 해도…… 밀리시아나 렌카와 떨어지는 미래는 떠오
르지 않는군.'

"오랜만에 지붕 있는 집에서 머물 수 있네요."

"네, 바짝 긴장했더니 피곤해졌어요."

"오늘 밤엔 오랜만에 한바탕 할 거예요! 기대돼요!"

유쾌한 목소리로 이야기를 나누는 세 여성진을 보고서, 카임
은 등을 바르르 떨었다.

그날, 마을에서 숙소를 잡은 카임은 예상대로 세 짐승에게 덮
쳐지게 된다.

리코스가 잠들기가 무섭게 돌변한 그녀들을 보고, 카임은 류
카온의 우두머리와 싸웠을 때 이상의 전율을 느끼지 않을 수 없
었다.

마을에서 하룻밤 묵은 카임 일행은 제도로 향하는 여행을 다시 시작했다.

밤에 한 운동으로 기력을 다 쓴 카임이 축 늘어진 사이, 여성진이 마을에서 식료품 등의 물자를 보충하고 덤으로 말과 마차도 구입했다.

손에 넣은 마차는 지붕도 벽도 달리지 않은 간소한 것. 비바람을 막을 수 있을 만한 고급스러운 물건은 아니다. 도저히 황녀가 탈 만한 마차는 아니었지만…… 작은 농촌에서는 그 이상 품질이 좋은 물건을 마련할 수 없었다.

"여기서부터 제도까지는 엎어지면 코 닿을 곳이니까 이거면 충분하겠죠. 남들 눈을 속일 수도 있을 테고요."

"으으, 공주님을 이런 궁상스러운 마차에 태우게 되다니. 참으로, 애처로우십니다……."

짐마차에 다소곳이 앉은 밀리시아의 모습을 보고, 렌카가 고개를 떨구며 눈물을 흘리고 있었다.

"……실컷 험한 길을 걷게 하고, 야숙까지 해놓고서 새삼스럽잖아. 너네 공주님은 의외로 듬직하니까 괜찮아."

밀리시아도 이 여행 중에 완전히 듬직해졌다. 이미 규중처녀였던 그녀는 어디에도 없다. 최근 와서는 야영 준비에도 의욕에 불타서, 천막을 치거나 불을 피우는 방법도 배웠을 지경이다.

"짐을 실으면, 어떻게든 전원이 들어갈 수 있을 법해요. 마차

운전은…….”

“내가 하지. 말을 다뤄본 경험이 있는 건, 이 중에서는 나 정도일 테니까.”

티의 말을 듣고 의기소침해졌던 렌카가 일어섰다.

“도중에 교대하고 싶으니까, 다른 사람도 배웠으면 좋겠는데?”

“내가 배우지. 해보고 싶어.”

“티도 할게요. 종자로서 주인만 일하게 할 수는 없어요.”

카임과 티가 손을 들었다.

“그럼 저도……”라고 밀리시아가 손을 들었지만, 렌카가 참으로 슬픈 표정을 지었기 때문에 어쩔 수 없이 들었던 손을 내렸다.

정말로 이제 와서 새삼스럽지만, 밀리시아에게 마차 따위를 몰게 만들고 싶지 않은 것이리라.

“마부석에는 두 사람 정도라면 앉을 수 있어요. 말을 모는 법을 가르쳐드릴 테니, 교대로 마부를 맡도록 하죠. 공주님께서는 리코스를 돌봐주세요.”

“……좋아요, 알겠습니다.”

밀리시아가 어쩐지 토라진 것처럼 말하며, 이미 짐칸에 올라탄 리코스를 뒤에서 끌어안았다. 리코스는 그대로 품에 안기면서 멍한 눈으로 마차에 묶인 말을 바라보고 있었다.

“……츄르릅.”

“……먹지 마. 식료품으로 사 온 게 아니니까.”

늑대 밑에서 자란 소녀는 먹을 것을 보는 눈으로 말을 바라보고 있었다.

대체, 이 소녀는 숲에서 어떤 식생활을 하고 있었던 것일까?
카임은 리코스에게서 시선을 떼지 않겠다고 결심하고서, 마부
석으로 올라탔다.

그 후, 카임 일행은 교대로 마차를 몰면서 제도를 향해 나아
갔다.

도중에 큰비가 내려, 나무 그늘에서 오도 가도 못 하는 상황을
강요당하기는 했지만…… 이틀 후 낮에는 목적지에 도착할 수
있었다.

"저게 제도……, 가넷 제국의 중핵인가!"

가도 앞에 보이기 시작한 광경은 거대한 성벽으로 둘러싸인
도시였다.

여태까지 보아온 어떤 마을보다도 크다. 높은 성벽에 가로막
혀 있지만, 건너편에 성벽보다도 높은 첨탑의 일부가 고개를 내
밀고 있었다.

"응……!"

리코스가 마차의 짐칸에서 일어선 카임의 몸에 올라타 커다란
눈을 크게 떴다.

숲속 생활에서는 눈에 띄지 않는 거대한 건축물을 목격하고
서, 카임과 리코스는 나란히 감동했다.

"뭐 이리 커다란 마을이……. 아, 정말. 여유가 있으면 관광하
고 싶었는데!"

이번 제도 방문에는 밀리시아를 데려다준다는 목적이 있다.

제도는 현재 황제가 병상에 드러누워서, 한창 치열한 후계자

다툼이 벌어지는 와중이다. 밀리시아를 노리는 사람이 있을지 도 모르니, 느긋하게 관광할 시간이 없는 점이 아쉽다.

"모든 문제가 처리되면 느긋하게 관광해요. 그땐 제가 안내해 드리겠어요."

제도의 성벽을 바라보는 밀리시아의 표정은 어딘가 복잡해 보여서, 고향으로 돌아온 기쁨 이외에도 다양한 감정을 안고 있는 모양이다.

그런 표정을 보게 되면 순진하게 기뻐하던 자신이 부끄러워 진다. 카임은 크흠 헛기침하고서 짐칸에 다시 앉았다.

"그래서…… 제도에 들어가고 나서는 어쩔 셈이지? 곧바로 성으로 가는 건가?"

"물론, 성에 돌아갈 생각이에요. 거기에 아서 오라버니가 있을 테니까요."

밀리시아의 목적은 제1황자인 아서와 접촉해서 란스와 싸우지 않게끔 설득하는 것이다.

'그래도…… 밀리시아에게는 미안하지만, 설득이 잘 될 거라 여겨지지는 않는데.'

말로 해서 말릴 수 있을 정도라면, 처음부터 후계자 다툼 따위는 하지 않는다. 대화해서 해결되지 않았으니까, 형제끼리 목숨을 노리는 싸움으로 발전하려는 것이다.

'가족의 인연 따위는 그 정도야. 피가 물보다 진하다고는 단정지을 수 없어. 아버지가 아들을 죽이려고 하는 일도 있을 지경이니까.'

카임은 아버지—— 케빈 하르스베르크의 얼굴을 떠올렸다.

케빈은 여러 해 동안 친자식인 카임을 계속 냉대하고, '독의 왕'이 된 아들을 망설임 없이 죽이려 했다. 카임은 가족의 애정을 믿지 않는다. 그런 것은 욕망이나 이익 앞에서는 모래성처럼 부서지기 쉬운 것이다.

'그렇다고 해서, 밀리시아가 틀렸다고는 말 안 해. '카임 하르스베르크'가 실패했다고 해서, 밀리시아가 실패한다고 정해진 건 아니야. 일국의 명운이 달려 있다면, 더더욱 포기할 수는 없겠지.'

"……우선은 성문을 무사히 돌파해야겠군. 제도 안에 들어가지 못하면 말이 안 돼."

성벽 앞에는 긴 줄이 생겼는데, 여러 여행자나 행상인이 늘어서 있었다.

아무래도 병사가 도시에 들어가는 사람을 심사하는 모양이다. 저곳을 돌파하지 않으면, 아서를 만나는 일은 꿈도 꾸지 못한다.

"황녀님이라고 해서 얼굴로 그냥 통과시켜 줄까? 그렇지 않으면…… 반대로 가로막힐까?"

현시점에서 아서 황자가 밀리시아를 어디까지 경계하는지는 모른다. 성문에 있는 위병이 누구 밑으로 붙었는지도 모른다.

최악의 경우, 붙잡혀서 그대로 투옥될 가능성도 있다. 마부석에 앉은 렌카도 팔짱을 끼고서 복잡해 보이는 표정을 지었다.

"으음……, 성문을 경비하는 건 기사 계급, 혹은 평민 계급의 병사겠지. 갑자기 공주님을 붙잡으려 드는 무례한 놈은 없으리라 믿고 싶지만⋯⋯."

"어흥, 일단 저지르고 봐요. 밀리시아 씨의 인망이 시험대에 오르는 거네요."

"이, 인망이라는 말을 들으면 자신이 없어져 버리는데요⋯⋯. 붙잡히게 되더라도, 화내지 마세요."

밀리시아는 곤란한 듯이 눈썹을 아래로 늘어뜨리며 고개를 갸웃거렸다.

렌카가 성문을 향해서 마차를 몰았다. 앞에 늘어섰던 행상인이나 여행자 뒤에 서서 기다리고 있노라니, 이윽고 카임 일행이 심사받을 순서가 찾아왔다.

여기에서 제지당하면 제도에 들어갈 수 없게 되고 만다.

하지만⋯⋯ 거기에서 소리를 지르는 남자가 있었다.

"렌카 씨! 렌카 씨 아니십니까?!"

성문 앞으로 마차를 몰자, 심사하던 병사가 소리를 질렀다. 큰소리를 말을 걸어온 이는 스무 살 전후의 젊은 기사였다.

"너는⋯⋯ 분명 코지였던가?"

"기억해 주셨군요! 이거 참, 기쁘네요!"

붙임성 있는 웃음을 띠며 젊은 기사가 다가왔다.

"아는 사이인가?"

"그래, 전에 지도한 적이 있는 후배 기사다. 참 그립군."

카임이 렌카의 귓가에 묻자, 렌카가 작은 목소리로 설명해 주었다.

아무래도 성문에서 심사하던 사람은 렌카의 지인이었던 모양이다.

"오늘은 어쩐 일이십니까? 일 때문에 외출하셨습니까?"

"뭐, 그렇지. 그런데…… 바로 황성에 돌아가야만 하는 용건이 있다. 시간이 아까우니, 통과해도 상관없을까?"

"네, 물론입니다. 그런데…… 그쪽 남성은 렌카 씨의 지인이십니까?"

젊은 기사가 탐색하는 듯한 말투로 물어왔다. 혹시, 수상쩍게 여기는 것일까? 카임은 안색이 바뀌지 않게끔 노력하며 평정을 가장했다.

"그렇다. 내 친구, 아니, 동료라고 해야 하나? 어떤 임무를 위해서 같이 밖에 나갔었지."

"흐음……."

젊은 기사가 뚫어지게 카임을 들여다보았다.

기사의 눈은 어째서인지 카임만을 정확히 겨냥해서, 후드를 뒤집어쓰고 마차 구석에서 작게 몸을 웅크린 밀리시아, 메이드 복을 입은 티, 야생아 소녀인 리코스에게는 눈길을 주지 않았다.

다시 보아도 너무나 수상쩍은 집단이었지만…… 젊은 기사가 그 점을 탓하는 일은 없었다.

"……부디, 통과하십시오."

"……? 그래, 고맙다."

어째서인지 시무룩해진 기색으로 통행 허가를 내준 후배를 보고, 렌카는 고개를 갸웃거리면서 마차를 몰았다.

"렌카 씨는…… 의외로 죄가 많은 사람이에요."

"음……? 무슨 뜻이지?"

"모르신다면 상관없어요. 아아, 실연은 쌉쌀한 약초 차의 맛이네요!"

"…………?"

놀리는 듯한 티의 말투를 듣고 렌카가 이상하다는 표정을 지었다.

아무래도 젊은 기사의 애틋한 남심은 렌카에게는 전해지지 않은 모양이었다.

무의식이기는 하지만, 카임과 렌카의 거리는 단순한 동료의 그것이 아니다. 깨닫지 못한 것은 본인뿐이고, 렌카가 카임을 보는 눈에는 명백한 연모와 신뢰가 담겨 있었다.

그런 렌카의 변화에 젊은 기사의 어렴풋한 연심이 깨지게 되었지만…… 그 사실은 당사자에게는 전혀 전해지지 않은 모양이었다.

"첫 관문은 돌파했군. 여기가 제도. 제국 최대……, 아니, 대륙 최대의 도시인가!"

제도로 발을 들인 카임의 얼굴이 환하게 밝아졌다.

정문을 지나서 안으로 들어온 카임 앞에 나타난 것은 사람, 사람, 사람, 사람……. 시야를 가득 메우는 압도적인 인파였다. 여기에 올 때까지도 몇 곳인가 마을을 경유했지만, 이렇게까지 붐비는 곳은 처음이다.

티도 화등잔처럼 눈을 크게 떴고, 나머지 한 사람…… 늑대 밑에서 자란 리코스는 눈을 끔뻑거리며 큰길을 가는 사람들을 눈으로 좇고 있었다.

"카임 님, 인간과 수인……, 거기에 본 적 없는 종족이 있어요."

"그래, 인간처럼 보이지만…… 희귀한 머리카락이로군. 게다가 귀도."

카임과 티가 낯선 종족을 보고 고개를 갸웃했다. 두 사람의 의문에 밀리시아가 대답했다.

"아아, 저쪽은 삼인족(森人族). 이른바 '엘프'라고 불리는 분들이에요."

세 사람의 시선 앞…… 신록색 긴 머리카락을 가진 남녀가 나란히 장을 보고 있었다. 놀랄 만큼 단정해서 인형처럼 보이기조차 하는 미모. 그리고 뾰족하게 솟은 귀가 특징적이다.

"엘프라면…… 옛날이야기에 나오는 그 엘프인가?"

카임도 눈을 빛냈다.

어릴 적, 어머니가 읽어준 그림책에도 '엘프'라고 불리는 민족이 나왔다.

아인(亞人)이라고 불리는 자들 중에서도 드워프와 나란히 유명한 종족이었는데, 직접 눈으로 보는 것은 처음이다.

"엘프는 숲속에 집락을 만들어서, 좀처럼 사람 앞에 나오지 않으니까요. 드물게 젊은 엘프가 숲 밖을 보려고 나오는 모양이지만…… 제국에서도 제도 정도밖에 눈으로 볼 기회는 없어요."

"그런 것치고는 엘프란 건 유명하지. 남 앞에 나오지 않는데 이름이 알려지다니 이상한 일이야."

"그만큼 엘프가 강한 힘을 가지고 있다는 뜻이에요. 엘프 전사는 혼자서 일개 중대에 필적한다고 하니까요. 『알하자드 전기』나 『용사 베어키드의 모험』 등에도 영웅을 이끄는 스승이나 동료로서 등장하고요."

"아아, 그 책이라면 나도 읽은 적이 있어. 모험가가 되고 싶다고 생각한 계기가 되기도 한 영웅담이야."

카임은 어릴 적 읽은 책을 떠올렸다. 영웅담을 읽고서, 거기에 등장하는 주인공처럼 되고 싶다……. 어릴 적에는 그런 생각을 한 것이다.

'동경하던 영웅에서…… 꽤나 멀어져 버렸군.'

지금의 카임은 용사나 영웅이라기보다도, 그들 앞을 가로막아서는 마왕이나 마찬가지다.

독을 지배하고, 그 힘을 써서 미희를 발정시키며 거느리는 카임은 도저히 영웅이라고 부를 수 없다.

'영웅이란 건 그 남자…… 케빈 하르스베르크 같은 남자를 가리키는 거겠지. 올바른 길을 걸으며, 사악함에 맞서는 전사…….'

"……아무래도 상관없어. 가소로워져."

올바른 길을 똑바로 계속 나아가는 전사. 막아서는 적을 용서 없이 때려눕히는 용사.

이야기의 주인공이라면 훌륭하지만…… '악'이라고 단정 받아서 공격받는 쪽으로서는 지극히 민폐다.

아버지 같은 영웅이 되고 싶다는 꿈은 '독의 왕'이 되었을 때 버렸다.

지금의 카임이 걸어야 하는 길은 정석적인 길도 아니거니와 올바른 길도 아니다. 자신이 자신답게 살아갈 수 있는 길을 걷고 있으니까.

"그래서…… 밀리시아의 지인이 경영하는 수도원이란 곳은 어디에 있지?"

"그게, 이쪽이에요."

밀리시아의 안내를 받아, 제도 한편에 있는 수도원으로 향했다.

도착한 곳은 차분한 분위기의 어느 교회였다. 넓은 정원에는 아이들이 공을 던지며 놀고 있고, 온화한 분위기가 전해져 오는 곳이었다.

"흐음……, 좋아 보이는 곳이잖아. 아이가 웃고 있어."

부모가 없는 아이가 웃으며 생활할 수 있다면, 여기는 좋은 곳이라고 할 수 있으리라.

부모가 있다고 해도 웃을 수 없는 아이는 얼마든지 있다. 아이는 부모를 선택할 수 없으니까.

"여기는 어머니가 설립한 곳이에요. 어머니가 돌아가시고 나서도 친교 있는 귀족이나 상인들이 출자해 줘요. 경제적으로도 풍족해서, 거둬들인 아이에게 교육도 빈틈없이 하고 있어요."

"그건 잘됐군. 이 기세로 늑대 소녀도 받아들여 주면 좋겠는데……."

정면에서 부지로 들어가자, 시스터 옷을 입은 나이 지긋한 여성이 일행을 맞이해 주었다.

"여행하시는 분인 것 같습니다만, 이 수도원에 무슨 용건으로 오셨나요?"

백발에 노년인 시스터는 온화한 말투로 물었다.

밀리시아가 앞으로 나아가 머리 부분을 덮었던 후드를 내렸다.

"오랜만이에요, 마더 아리에사!"

"당신은…… 밀리시아 전하!"

마더 아리에사라 불린 수도복의 여성은 생각지도 못했다는 듯이 소리를 지르더니 당황해서 입을 손으로 막았다.

주위를 쓱 둘러보았지만, 딱히 듣는 사람은 없는 모양이었다. 그녀는 가슴을 쓸어내린 기색으로 밀리시아에게 말을 걸어왔다.

"행방불명되었다고 들었습니다만…… 무사하셨군요."

"걱정 끼쳐서 죄송합니다. 마더도 잘 지내시는 것 같아서 다행이에요."

온화하게 대화하는 두 사람에게서는 허물없는 분위기가 전해져 와서, 친한 사이라는 사실을 옆에서 봐도 알 수 있었다.

"렌카 씨도 무사한 모양이로군요. 신의 인도에 감사드립니다."

"마음 씀씀이, 감사드립니다. 신의 인도에도요."

마찬가지로 얼굴을 아는 사이인 듯한 렌카도 고개를 숙였다.

아리에사는 카임이나 티에게도 시선을 보내며 무언가 말을 꺼내고 싶어 하는 표정을 짓기는 했지만, 아무 말도 하지 않고 미소를 띠었다.

"밀리시아 전하의 친구분이시죠? 전하께서 신세를 졌습니다."

'명백히 수상쩍은 우리에게까지 태연하게 접해 오다니, 상당한 인격자인 모양이로군.'

"그래, 문제없어. 고용된 몸으로서 당연한 일이야."

"자자, 쌓인 이야기도 있겠죠. 안으로 들어오세요. 차를 내오겠습니다."

카임 일행은 아리에사의 안내를 받아 수도원 안쪽 방으로 들어갔다.

"자…… 그럼, 그쪽에 앉으세요. 바로 차를 준비하겠습니다."

권유받은 대로 카임 일행은 테이블 앞에 앉았다. 각각 의자에 앉았는데…… 어째서인지 리코스는 카임의 무릎 위에 올라탔다.

금세 아리에사가 전원 앞에 홍차를 담은 잔을 늘어놓았다.

깊이 있고 좋은 향기다. 그렇게 고가의 물건은 아닌 모양이니, 순수하게 차를 잘 우린 것이리라. 남을 접대하는 데 익숙한 모양이다.

"그럼…… 이쪽 방은 방음 시설이 되어 있어요. 무언가 상담할 일이 있어서 오신 거죠?"

"……역시나 마더 아리에사예요. 혹시, 황성의 상황도 파악하고 계신가요?"

"네……, 다소는요. 오지랖 넓은 자들이 이것저것 말하러 와주거든요."

테이블 맞은편에 앉은 아리에사의 표정이 살짝 어두워졌다.

"이미 아시겠지만…… 황제 폐하께서 쓰러지고 나서, 제1황자이신 아서 전하와 제2황자이신 란스 전하 사이에 권력 투쟁이 일어났습니다."

"…………."

"싸움은 수습될 기색이 없고, 란스 전하께서는 제도를 떠나셨습니다. 자신의 영지에 들어가, 거기에서 휘하 군대의 병사를 집결시키는 모양입니다. 조만간, 봉기를 일으켜서 아서 전하와 결판을 낼 생각이겠죠."

"그럴 수가……!"

밀리시아가 숨을 삼켰다. 사전에 그럴듯한 정보를 얻기는 했지만…… 불확정이었던 정보가 확신으로 바뀌자 얼굴이 새파래졌다.

"아서 전하께서는 란스 전하를 반역자로 인정하고서 토벌대를 파견하려고 하십니다. 출정까지 한 달이 걸리지 않겠죠."

"……아서 오라버니를 만나러 가겠어요. 얘기를 해서, 싸움을 막겠어요."

밀리시아가 의연한 표정으로 단언했다. 진지한 눈빛에는 반박을 듣지 않겠다는 강한 의지가 떠올랐다.

'밀리시아를 데려다준다는 의뢰는 달성했지만…….'

"좋아……, 나는 따라가지. 내친걸음이니까."

카임은 어깨를 으쓱였다.

이런 곳에서 빠진다 해도 꿈자리가 뒤숭숭해질 뿐이다. 이렇게 된 이상, 마지막까지 밀리시아의 행보에 동참하기로 결정했다.

"고맙습니다……, 카임 씨!"

"……괜찮으시겠습니까, 밀리시아 전하. 저는 이대로 전하께서 숨어 계시는 편이 안전할 것 같습니다만?"

지극히 감격한 기색인 밀리시아의 모습을 보고, 아리에사가 걱정스럽게 말해왔다.

"아서 전하께서는 악인은 아니십니다. 하지만 자신의 패도를 관철하기 위해서라면, 얼마든지 비정해질 수 있는 분이십니다. 여성인 밀리시아 전하가 상대라도 무사히 끝난다고 단정할 수는 없는데요."

"저는 가넷 제국의 황녀입니다. 저에겐 제 출생에 걸맞은 역할이 있으니까요."

밀리시아는 의자에서 일어나, 전장을 향하는 발키리 같은 얼굴로 가슴을 폈다.

"한번은 타국으로 도망친 저입니다만…… 이번에야말로, 제국을 구하기 위해서 목숨을 걸고 싶습니다. 괜찮아요, 저에게는 지탱해 주는 동료가 있으니까요."

"……그러십니까. 그렇다면, 제가 드릴 말씀은 아무것도 없습니다."

아리에사 또한 일어서서 목에 건 로사리오를 움켜쥐었다.

"밀리시아 전하의 앞날에 신의 가호가 있기를."

"고맙습니다……. 그런데 마더 아리에사에게 또 한 가지 부탁이 있습니다만……."

"뭔가요?"

"이 여자아이를 맡아주실 수 있나요?"

밀리시아가 카임의 무릎에서 홀짝홀짝 홍차를 핥고 있는 리코스를 손으로 가리켰다.

"그 아이를……. 무언가 사연이 있나요?"

"네. 사정을 설명하자면 길어집니다만……."

밀리시아가 리코스를 주울 때까지의 경위에 대해서 설명하자, 아리에사는 놀라움에 눈동자를 크게 떴다.

"마물 밑에서 자란 소녀……. 그렇군요, 그런 일이 있었던 건가요……."

"괜찮다면, 이 수도원에서 거둬주시면 고맙겠습니다만……."

"물론이고말고요. 신의 집은 항상 열려 있습니다. 마경에서 마물에게 키워졌다는 기이한 운명을 가진 아이라 해도, 기꺼이 받아들이겠어요."

아리에사가 리코스에게 다가가 천천히 머리를 쓰다듬었다.

리코스는 저항하지 않기는 했지만, 홍차를 핥는 것을 멈추고서 의아한 눈으로 아리에사를 올려다보았다.

"괜찮아요. 하나씩, 찬찬히 인간의 상식을 공부해 나가도록 해요. 인생은 얼마든지 다시 시작할 수 있으니까요."

"잘 부탁합니다……, 마더 아리에사."

"이래저래 필요할 테니, 돈은 놔두고 가겠어. 적당히 써줘."

카임이 돈을 담은 천 주머니를 테이블 위에 놓았다. 상당히 큰 돈이었지만, 마랑왕의 마석을 팔면 충분히 거스름돈이 남으니 아깝지는 않았다.

"기부로서 받아두죠. 이 아이의 장래를 위해서 쓰도록 하겠습니다."

"그렇게 해줘……. 그럼, 이별이다. 잘 지내라."

"으……?"

카임이 리코스의 머리를 쓰다듬자, 이상하다는 듯한 표정으로 고개를 갸우뚱했다. 말에 담긴 뜻을 이해하지 못한 모양이다.

카임 일행은 리코스를 맡기고서 수도원을 뒤로했다.

리코스는 그들을 따라오려고 했지만, 젊은 시스터들에게 손발을 붙들려 포획되고 말았다. 구속을 뿌리치려고 필사적으로 날뛰었지만…… 시스터 한 사람이 쿠키를 내밀자, 마치 다른 사람처럼 얌전해져서 오독오독 깨물었다.

"타산적인 녀석이군……. 우리보다도 쿠키가 더 좋은가."

"어린애니까요……. 그럼, 곧바로 성으로 향할까요."

밀리시아가 씁쓸하게 웃으면서, 우뚝 선 황성으로 눈길을 보냈다.

"곧바로, 적지에 뛰어들 셈이군요?"

티의 말을 듣고 밀리시아가 씁쓸하게 웃었다.

"성은 아서 오라버니의 영향력이 강한 곳이기는 하지만…… 저도 황족의 한 사람으로서 인정받았어요. 그러니 갑자기 검을 겨누지는 않을 거예요."

"오히려 저쪽이 손을 대주는 게 해결은 편할지도 모르겠군. 아서를 쳐 죽이면, 란스란 놈이 다음 황제야."

"카임 씨는 또 그런 말씀을……. 어디까지나 목적은 대화인걸요."

카임의 농담에 씁쓸하게 웃으면서, 일행은 황성으로 향했다.

○　○　○

제도 중앙. 그 성은 깊은 해자로 둘러싸이다시피 했다.

중후해 보이는 벽돌의 거성 안에 들어가기 위해서는, 성 앞뒤에 있는 문에 걸린 다리를 통과해야만 한다.

다리 너머 쪽에는 몇 명이나 병사가 서 있었다. 분위기만으로도 안다……. 충분히 훈련받은 정예였다.

'난공불락이로군……. 이 성을 함락시키려면 자못 고생스럽겠지.'

황성 정문에 걸린 돌다리. 선두를 걷는 사람은 렌카였다. 그 뒤를 밀리시아, 카임, 티가 따라갔다.

카임 일행이 정문에 다가가자, 병사가 경계한 기색으로 창을 겨누어 왔다.

"기다려라. 이 앞은 관계자 이외에 출입할 수……."

"누구에게 창을 겨누는 거냐! 물러서라!"

문 앞에 있는 병사가 검문해 왔지만, 렌카가 세차게 외쳤다.

"여기에 계신 분이 누구신 줄 아느냐?! 제국 제1황녀이자 황위 계승 서열 제3위. 밀리시아 가넷 전하이시다!"

"뭐……!"

렌카가 꺼낸 말을 듣고, 경비병이 눈을 부릅뜨고서 창을 물렸다. 그들의 시선이 렌카 뒤에 있던 밀리시아를 향하더니…… 곧바로 무릎을 꿇고서 고개를 숙였다.

"무, 무례를 저질렀습니다. 밀리시아 전하!"

"몰랐다고는 해도, 무슨 짓을 저질렀는지……. 부디, 용서해 주십시오!"

황족에게 창을 겨누고 만 사실을 깨닫자, 병사들은 안색이 새파래졌다.

사안에 따라서는 가족까지 길동무로 사형을 당할 우려가 있는 일을 저질렀으니, 병사가 겁먹는 것도 무리는 아니었다.

"뭐랄까……, 권력을 휘두른다는 건 의외로 기분이 좋군."

뒤쪽에 있는 카임이 쓸쓸하게 웃었다. 핏줄이나 지위로 상대가 넙죽 엎드린다는 것은 힘으로 굴복시키는 것과는 다른 즐거움이 있는 모양이다.

"상관없습니다. 문을 여세요."

밀리시아가 단적으로 명했다. 등을 펴고서 위엄있게 선 모습은 평소의 그녀와는 다른 사람 같았다. 이것이 황녀로서의 얼굴이리라.

"네! 지금 곧 열겠습니다!"

"개문! 밀리시아 황녀 전하의 행차시다!"

병사가 외치자 중후한 금속제 문이 천천히 좌우로 열렸다.

"그럼…… 어떤 일이 일어나게 될지 기대되는군."

이곳은 형제끼리 나라를 둘러싸고서, 서로 죽이려고 하는 자들의 본성. '인요'라는 괴물이 도사리는 마굴이다.

카임은 다시 마음을 다잡고서, 황성으로 가는 첫걸음을 내디뎠다.

성의 엔트런스 홀에는 붉게 물들인 융단이 깔려 있었다. 바닥에는 항아리나 장식물, 벽에는 회화가 장식되어 있었는데, 정확한 가치는 모르겠지만 비싸 보였다.

"오옷?!"

하지만 카임의 눈길을 끈 것은 다른 물건이었다. 엔트런스 홀 중앙에 놓인 마물 박제였다.

올려다볼 만큼 커다란 거구. 신체 표면을 뒤덮은 백은색 비늘. 입에서 엿보이는 송곳니는 명공이 연마한 검과 같고, 불타오르는 진홍색 눈동자가 이쪽을 내려다보고 있다.

그것은 최강이라고 알려진 마물…… 드래곤이었다.

"대단하군……, 이건 진짜인가?"

"이 박제는 일찍이 초대 황제께서 토벌하신 드래곤이에요."

밀리시아가 놀라는 카임에게 설명했다.

"초대 황제께서는 검의 달인이시라서, 무용으로 인근 여러 나라를 통합하고, 마물이나 이민족을 물리쳤다는 전설이 남아 있어요. 제국이 무용을 중시하는 실력주의를 취하는 것도 초대 황제를 존경하기 때문이에요."

"드래곤을 토벌할 정도쯤 되면, 상당한 역량이었겠지……."

역시나 혼자서 토벌하지는 않았겠지만…… 그래도 충분히 영웅이다.

카임이 드래곤 박제를 넋 놓고 보고 있노라니, 복도 저편에서 노년의 집사가 잰걸음으로 달려왔다.

"밀리시아 황녀 전하! 돌아오신 겁니까?!"

나타난 이는 희끗희끗한 머리카락과 수염을 정성스럽게 다듬고, 한쪽 눈에 모노클을 쓴 집사였다.

그는 마치 미끄러지는 듯한 발놀림으로 복도를 지나쳐 밀리시아의 앞에 다가왔다.

"오랜만이에요, 포슈벨 시종장."

"귀환하시기를 기다리고 있었습니다. 용케 무사하셨군요……!"

포슈벨이라 불린 집사가 무릎을 꿇고서 밀리시아의 무사 귀환을 축복했다.

깊은 숭배의 태도는 겉치레라고 여겨지지 않았다. 진심으로 밀리시아를 주인으로서 공경하는 것이리라.

"걱정을 끼쳐서 죄송해요. 마음에 망설임이 있었는지 꽤 헤매고 말았지만…… 마침내 스스로 해야 할 일을 찾아냈어요."

밀리시아가 자신을 부끄러워하듯이 말했다.

두 오빠가 싸운다는 사실에서 눈을 돌리고, 둘째 오빠의 인도로 타국에 망명하려고 했다. 그것은 권력 다툼에 말려들게 하지 않으려는 조치였지만, 보기에 따라서는 황족의 의무를 포기하는 행위다.

"저는 돌아왔어요. 이제부터, 황녀로서의 의무를 다하고 싶어요."

밀리시아가 의연한 표정으로, 한쪽 무릎을 꿇은 포슈벨에게 말했다.

"아서 오라버니께 면회를 신청하겠어요. 제 뜻을 전달해 줄 수 있나요?"

"…………!"

포슈벨이 모노클을 쓴 눈을 크게 떴다.

"……알겠습니다. 지금 곧 아서 전하께 전해드리겠습니다."

노년의 집사는 깊숙이 고개를 끄덕이더니 일어서서 고개를 숙였다.

"잠시 시간을 주십시오. 부디, 방에서 편히 쉬시기를 바랍니다."

포슈벨이 근처에 대기했던 메이드에게 눈짓하자, 젊은 메이드가 "방까지 따라오시지요"라고 복도를 앞장서 갔다.

"제 방에 안내하겠습니다. 다들 같이 가요."

"그래……, 알았어."

카임 일행은 메이드를 뒤따라서 복도를 걸어갔다.

스쳐 지나가는 기사나 사용인이 밀리시아를 보자 놀란 표정을 짓고는 금세 고개를 숙였다. 여기까지 와서야, 마침내 밀리시아가 황녀라는 사실을 실감했다.

긴 복도를 10분 이상 걸어가자 이윽고 성 안쪽에 있는 한 방에 다다랐다.

"자리를 비우신 동안에도 청소 등의 관리는 소홀히 하지 않았습니다. 곧 차와 과자를 준비할 테니, 잠시 기다리십시오."

"응, 고마워. 차는 여기에 있는 전원 몫을 가져다줘."

"알겠습니다. 실례하겠습니다."

메이드가 깊숙이 고개를 숙이고 나서 떠나갔지만…… 티가 복도를 멀어져 가는 메이드의 등을 물끄러미 바라보았다.

"왜 그러지, 티?"

"……유능하네요."

"어?"

"역시 제국의 메이드……. 상당히 유능한 여자인가 봐요."

티가 진지한 표정으로 목울대를 꿀꺽 울렸다.

"재빠른 발놀림, 체간의 안정성, 인사의 각도……. 어느 것을 보아도 빈틈없이 재빠른 메이드의 태도예요. 그야말로 메이드 중의 메이드……. 놀라워요."

"……알 게 뭐냐."

"얼핏 보기에 청초해 보이지만, 밤일도 상당히 잘할 것처럼 보였어요. 엉덩이도 순산형이었어요."

"알 게 뭐냐!"

대체 어디를 보고 있는 거냐.

카임이 어이없어하고 있노라니, 먼저 방에 들어간 밀리시아가 손짓을 해왔다.

"여러분, 이쪽이에요. 부디 들어오세요."

재촉받아서 카임 일행도 밀리시아의 방에 들어갔다.

깔끔하게 정돈된 방. 왕족의 개인실이니까 얼마나 훌륭할까 생각했더니, 의외일 만큼 가구나 일상품이 적다.

"꽤, 산뜻하군. 여기저기에 드레스나 보석이 장식되어 있을 줄 알았어."

"저는 얼마 전까지 마더 아리에사의 수도원에 있었으니까요. 너저분하면 진정이 안 되니까, 물건은 별로 놓지 않도록 하고 있어요."

"아, 그래도 시트라든가 커튼은 고급품이에요. 매끈매끈해서 감촉이 좋아요."

티가 앞으로 몸을 숙여 침대 시트를 쓰다듬으면서, 치맛자락에서 엿보이는 꼬리를 흔들었다.

"흐음, 확실히 그러네. 침대도 쓸데없이 크군. 서너 명은 잘 수 있는 거 아닌가?"

카임도 흥미 깊게 침대로 눈길을 주었지만…… 밀리시아가 얼굴을 붉혔다.

"카, 카임 씨……. 벌써 밤일을 생각하다니, 음흉해요."

"……아니, 전혀 그런 뜻이 아니었는데?"

"오늘 밤은 여기에서 난교 파티예요. 이 폭신폭신한 침대에서 야한 짓을 하면 기분이 좋을 것 같아요."

"티도 난교니 뭐니 하지 마! 상황을 생각해!"

"카임 경의 말이 맞다. 여기가 어디라고 생각하는 건지 원."

카임이 티를 꾸짖자, 렌카도 얼굴을 찌푸리며 한심스럽다는 듯이 고개를 내저었다.

"여기는 황성 한가운데. 경비도 두텁다. 그렇기에, 아무에게도 들키지 않게끔 정원에서 하는 쪽이 더 스릴 있겠지. 사용인이나 병사의 눈을 피해 나무 그늘에서 하는 조련……. 참으로 흥분되지 않나!"

"너도냐! 너희 머리엔 핑크색 꽃밭이라도 들어차 있는 거냐?!"

카임 일행은 아서 황자를 설득해서 내란을 피하기 위해 이곳에 찾아왔을 터.

어째서, 적지 한가운데가 될지도 모르는 곳에서 섹스 회의를 하는 것일까?

그런 대화를 하고 있노라니, 방문 밖에서 누군가가 문을 두드렸다.

카임이 화들짝 놀라서 어깨를 들썩이자, "차를 가지고 왔습니다"라는 아까 보았던 메이드의 목소리가 났다.

"어서 들어오세요."

"실례하겠습니다."

왜건을 미는 메이드가 방 안으로 들어와 척척 차 준비를 갖췄다.

메이드는 백자에 선명한 꽃 모양이 그려진 찻잔에 홍차를 따라서 테이블 위에 늘어놓은 뒤, 차에 곁들일 과자를 얹은 접시를 놓았다.

"그럼 실례하겠습니다. 뭔가 필요하시다면 불러주세요."

"고마워."

메이드가 정중하게 인사하고 방에서 나갔다.

문밖에 대기하고 있는 모양인지 밖에서 어렴풋이 기척이 느껴졌다.

"……안 되겠네요. 대화가 새어나갈 뻔했어요."

"좀 봐줘……. 갑자기 '황녀를 미약에 절게 해서 안은 죄' 같은 걸로 붙잡히기는 싫다고."

밀리시아와 카임이 밖에 들리지 않게끔 목소리를 죽이며 대화했다.

티가 테이블의 의자를 끌고서 카임에게 손짓했다.

"일단, 차를 마셔요. 이 찻잎은 상당히 고급품이에요."

"그렇군……. 마침 출출해지기 시작했으니, 과자를 먹어볼까."

카임은 의자에 앉아서 테이블 위에 놓인 다과를 손에 집었다.

"이 과자, 별난 모양을 하고 있군. 어째서 한가운데 구멍이 뚫려 있는 거지?"

"이건 '도넛'이라는 과자예요. 맛있으니까 드셔 보세요."

"흐음?"

밀리시아의 설명을 듣고서…… 카임은 곧바로 도넛을 입에 옮겼다.

"…………맛있어!"

초콜릿을 처음 먹었을 때와 비슷한 충격을 받고 카임은 저도 모르게 외쳤다.

"달콤함이나 감칠맛은 초콜릿도 지지 않지만, 표면은 바삭바삭하고 속은 폭신폭신해. 벌꿀의 감칠맛이 입안 가득 퍼져나간다고……?!"

"이 도넛에는 초코도 썼어요."

"뭐라고……!"

밀리시아가 검은 도넛을 내밀자, 카임은 진심으로 전율했다.

안 그래도 달콤하고 맛있는 도넛에 초콜릿을 더하면 이제 무적이 아닌가. 이것만으로 세상을 얻고 말 것 같다.

'이, 이게 대륙 제일의 대국인 가넷 제국의 힘……! 어떤 군사력으로 이런 맛있는 단맛을 만들어 낸 거지……?!'

카임은 몸을 떨면서도, 바삭바삭, 우걱우걱 도넛을 입에 옮겼다.

도중에 홍차도 마셨는데, 이게 또 부드러운 풍미가 있어서 맛

있었다.

설탕이 들어간 항아리도 테이블 위에 놓여 있었지만, 굳이 단맛을 더하지 않음으로써 도넛의 맛이 돋보였다.

"……카임 경은 정말로 뭐든지 먹음직스럽게 먹는군."

"참 귀엽죠."

렌카와 밀리시아가 도넛을 먹는 카임을 흐뭇하게 바라보았다.

티도 마찬가지로 웃음을 띠며 빈 찻잔에 차를 더 따랐다.

그렇게 네 사람은 작은 다과회를 만끽했지만…… 잠시 시간이 지나자 다시 문을 두드리는 소리가 났다. 밀리시아가 찻잔을 놓고서 말을 걸었다.

"누구신가요?"

"포슈벨입니다. 들어가도 되겠습니까?"

"들어오세요."

아서에게 면회를 신청하러 갔던 포슈벨이 돌아온 모양이다. 밀리시아가 허가하자 문이 소리도 없이 열리고서 집사복을 입은 노년 남성이 들어왔다.

"실례하겠습니다. 오래 기다리겠습니다."

"아뇨……. 그보다, 아서 오라버니는 만나주실 것 같나요?"

"그것 말입니다만……."

포슈벨의 표정이 어두워졌다.

"밀리시아 전하께서 면회를 원하신다고 말씀드렸더니, 아서 전하께서는 '내일 오전에는 시간이 나니까, 그때까지 기다리도록'이라고 답하셨습니다."

"여동생이 만나고 싶어 하는데 거부한 건가?"

카임이 도넛을 씹으면서 미간을 찌푸렸다.

포슈벨은 카임 쪽을 한 번 흘낏 보기만 하고서 밀리시아 쪽으로 방향을 틀었다.

"아서 전하께서는 병상에 누우신 황제 폐하의 대리로서 정무를 집행하십니다. '아무리 누이동생이라고 해도, 국가의 큰일을 다루는 정무를 소홀히 하면서까지 만날 수는 없다'라고 말씀하셨습니다."

"……그런가요."

밀리시아가 눈을 내리깔았다.

아서의 주장이 틀리지는 않지만, 다소 인간적인 정이 결여되어 있는 것처럼 느껴졌다.

"……아서 오라버니는 한 번 정하면, 쉽사리 의견을 바꾸지 않는 분. 다시 면회를 신청해봤자 헛수고로 끝나겠죠."

"……죄송합니다."

"포슈벨 탓이 아니에요. 그럼 오늘은 황성에서 쉬도록 하겠습니다. 그런데…… 아바마마를 뵐 수는 있나요?"

"……그 부분도 죄송합니다. 황제 폐하와의 면회는 아서 전하의 허가가 있어야 할 수 있습니다. 이 성의 경비 책임자는 그분이시니까요."

"…………그런가요."

밀리시아가 슬퍼 보이는 표정을 지었다. 포슈벨도 입술을 깨물고서 잠시 고개를 숙였지만…… 이윽고 사무적인 말투로 확인했다.

"그쪽에 계신 여러분도 묵고 가십니까? 손님방을 준비해 드릴까요……?"

"……네, 부탁해요. 렌카는 평소대로 제 옆 방에 머물게 하고, 카임 씨와 티 씨의 방과 식사를 부탁할게요."

"알겠습니다. 그쪽 두 분은 각각 다른 손님방을 내어드리면 될까요?"

"같은 방이면 돼요."

포슈벨의 물음에 대답한 이는 카임이 아니라 티였다.

"저는 여기에 있는 카임 님의 메이드니까요. 숙박도 함께해요."

"……그럼, 그렇게 준비하겠습니다."

포슈벨이 고개를 숙이고 방 밖으로 물러갔다.

"그럼…… 내일까지 기다리게 됐는데, 이건 함정이라고 생각하나?"

카임이 도넛 구멍에 손가락을 끼워 넣고 빙글빙글 돌리면서 물었다.

곧바로 얼굴을 마주하지 않고 굳이 하룻밤 간격을 둔 것은, 무언가 책략을 걸어올지도 모른다는 뜻이다.

잠자리를 습격해 오는 것은 아닐지 카임이 경계하고 있노라니, 밀리시아가 천천히 고개를 내저었다.

"아뇨……. 아마도, 순수하게 정무가 바쁜 거겠죠. 속내가 있으리라고는 여길 수 없어요."

"그 근거는?"

"아서 오라버니는 전장에서는 책략이나 모략도 부득이하다고 생각하는 분이지만, 기본적으로 정면 승부를 선호하세요. '사병을 가지지 않은 여동생 따위'에게 더러운 수작을 걸 일은 절대로 없어요."

"그렇군……."

밀리시아가 그렇게까지 말한다면 뒤통수를 치지는 않으리라. 모처럼이니 느긋하게 쉬며 긴 여행의 피로를 풀도록 하자.

"그럼, 결전은 내일인가……. 기대되는군."

"기대되지는 않네요……. 상황이 거칠어지지 않으면 좋겠는데요……."

밀리시아는 가슴 앞에 양손을 맞잡으며 기도하듯이 눈을 감았다.

○　○　○

그날은 호사스러운 식사가 나왔다. 황성 주방장이 실력을 발휘해 만든 음식이었다.

손님방까지 식사를 가져다줬기 때문에, 카임은 티와 둘이서 먹게 되었다. 오랜만에 단둘이서 하는 식사. 밀리시아나 렌카와는 따로따로다.

이대로 오늘은 느긋하게 쉬고서, 내일 아서와의 면회에 대비할 예정…….

"……그렇게는, 안 되겠지."

어깨를 으쓱이며 카임은 손님방에서 복도로 나왔다.

이미 밤도 깊었지만, 아직 잠들 수는 없다. 꼭 방으로 찾아오라고 밀리시아가 일러두었던 것이다.

목적이 뭔지는 상상이 간다. 밤에 침실로 오라는 말을 들었으니, 알아차리지 않을 수가 없었다.

'여기는 황성이라고……. 배덕감이 엄청난데?'

카임은 지금부터, 여자의 침소에 몰래 숨어드는 것이다.

황성 안. 이 나라에서 가장 존귀한 여성이 있는 곳으로.

여태까지도 몇 번이나 밀리시아와 몸을 섞기는 했지만, 장소가 장소인 만큼 터무니없는 스릴이 느껴졌다.

'붙잡히면 사형……. 아니, 즉시 베어 버리려나?'

이런 상황에서 유혹해 오는 쪽도 문제지만, 유혹에 넘어간 카임도 문제이다.

스스로도 바보 같은 짓을 한다고 생각하지만…… 거절했을 때의 여성진이 얼마나 무서운지는 무엇보다도 뼈저리게 잘 알았다.

이미 티는 밀리시아의 방에 가 있었다. 어째서인지 카임은 한 시간 정도 뒤늦게 가게 되었다.

"이것 참……."

카임은 달관해서 어깨를 늘어뜨리면서도 기척을 숨기며 복도를 걸어갔다. 이미 불빛은 꺼졌지만, 밤눈이 밝아서 문제없이 나아갈 수 있었다.

때때로 순회하는 경비병과 맞닥뜨리게 되었지만…… 그늘에 숨어서 숨을 죽이면서 밀리시아의 방을 향해갔다.

'로터스에게서 기척을 숨기는 방법을 배워둔 게 도움이 되는 군······.'

그 토끼 소녀의 움직임을 보고서 은밀술을 습득한 덕분에, 기사들에게 들키지 않고 복도를 나아갈 수 있었다.

'여기에서 만에 하나라도 아서라는 놈과 맞닥뜨리게 되면, 상당히 유쾌한 상황이 되어버릴 텐데······. 뭐, 역시나 그럴 일은 없겠지만.'

황성은 작은 마을이라면 들어가지 않을까 할 만큼 넓다.

아서가 생활하고 집무를 처리하는 구획과 밀리시아의 침실이 있는 구획은 걸어서 한 시간 가까이 걸릴 만큼 떨어져 있다고 한다. 실수로 우연히 만날 일은 없다.

'좋아······ 이대로, 똑바로 나아가면 침실에······.'

"거기에 계셨군요, 카임 님."

조금만 더 가면 밀리시아의 침실에 도착하려던 참에, 갑자기 누군가가 자신을 지명해서 불렀다.

그늘에 숨어 있던 카임의 등골이 얼어붙었다. 완벽하게 기척을 숨겼을 터인데.

"놀라실 일은 아닙니다. 저는 프로입니다. 제아무리 능숙하게 기척을 숨긴다 한들, 작은 맥동이나 냄새가 있으면 알아채고 말고요."

어두운 복도에 서 있던 이는 낮에도 만났던 노집사······ 포슈벨이었다.

그는 밀리시아의 침실로 이어지는 복도 중앙에 서서, 마치 파

수꾼처럼 기다리고 있었다.

"……놀랍군. 내가 오리란 사실을 알았던 건가?"

카임이 모습을 드러내며 항복하듯이 양손을 들었다.

"저녁 식사 후, 밀리시아 전하께서 평소와 다르게 들떠 계셨으니까요. 혹시나 싶어서 기다리고 있었던 겁니다."

"아아, 그러냐……. 이대로 물러갈 테니 그냥 보내주지 않겠어? 황녀의 침실에 숨어든 죄목으로 처형대에 올리는 건 봐줬으면 좋겠는데?"

"착각하지 마시길 바랍니다. 저는 황녀 전하를 덮치려고 한 발칙한 놈을 잡기 위해서 있는 게 아닙니다."

"…………?"

카임이 의아해서 눈을 가늘게 떴다.

이런 시간에 여성의 침실을 방문하려고 하는 상황이다. 목적이 무엇인지 모르는 바도 아닐 터.

"……저는 황제 폐하의 집사직을 맡아서, 밀리시아 전하를 어릴 적부터 압니다."

"…………?"

"개인적인 감상입니다만……. 저는 밀리시아 전하께서 정략결혼이 아니라, 서로 좋아하는 남성과 맺어지길 바랍니다. 물론, 그 남성이 밀리시아 전하를 지켜드릴 수 있을 만한 힘이 있다면 그렇다는 말입니다만."

"그렇군……. 즉, 나에게 그 힘이 있는 건지 신경 쓰이는 건가?"

무슨 이야기인지 파악되기 시작했다. 이 노집사는 카임에게 일대일 결투를 거는 것이다.

밀리시아를 손에 넣고 싶다면 자신을 쓰러뜨리고 가라…….
그런 딸바보 아버지 같은 말을 하고 싶은 모양이다.

"무식한 소리로군. 그게 제국인의 기질인가?"

"힘이 있으면 웬만한 일은 허용되는 것이 제국입니다. 제국
황녀를 아내로 맞아들이려고 한다면, 그 방식에 맞춰주시길 바
랍니다."

포슈벨이 주먹을 겨누었다. 오른손을 카임에게 겨누고, 왼손
은 당겨서 몸을 비스듬히 했다.

자세를 보기만 해도 안다……. 어떤 무술을 상당히 높은 수준
으로 습득했다는 사실을.

"좋아……. 그럼, 덤벼라. 선수는 양보해 주지."

"여유롭군요. 그럼, 사양하지 않고……!"

포슈벨이 바닥을 박찼다.

눈에도 잡히지 않는 발놀림으로 카임에게 육박해, 주먹을 휘
두르려고 하다가……,

"어엇……?!"

다음 순간, 그의 소매에서 날카롭고 뾰족한 칼날이 튀어나왔다.

집사복 소매에 숨겨두었던 나이프가 카임의 목을 꿰뚫으려고
한 것이다.

"훌륭합니다……!"

"놀랍군……. 죽일 생각이잖아."

두 사람의 몸이 한순간 교차해서 앞뒤로 스쳐 지나갔다.

다음 순간, 포슈벨이 무릎을 꿇고서 복부를 손으로 눌렀다.

카임은 포슈벨이 내지른 나이프를 중간쯤에서 부러뜨리고, 덤으로 복부를 강하게 때렸다. 최저한으로 따져도 한순간의 교차로 2연타를 얻어맞은 상황이다.

"요즘 집사는 암살까지 하는 건가? 내가 아니었더라면 죽었을걸?"

카임이 살랑살랑 손을 흔들면서, 기가 막힌다는 듯이 어깨를 으쓱이며 뒤를 돌아보았다.

포슈벨의 공격은 완전히 목숨을 빼앗을 생각으로 펼쳐졌다. 시험으로 모자라, 틀림없이 목숨을 빼앗을 생각이었을 것이다.

"……당신이 약자라면 죽어도 어쩔 수 없다고 생각했습니다. 밀리시아 전하의 정조를 더럽힌 남자니까요."

"……그래서, 나는 합격으로 봐도 되는 건가?"

"……전하를, 우리 공주님을 잘 부탁드립니다."

포슈벨은 어쩐지 쓸쓸하게 말하더니, 발을 질질 끌다시피 해서 어두운 복도로 사라졌다.

카임은 눈을 가늘게 뜨고서 그 뒷모습을 배웅하고, 밀리시아의 침실로 향하고자 몸을 돌렸다.

"아, 카임 씨. 늦으셨네요."

침실에 도착하자, 방의 주인인 밀리시아가 화사한 표정으로 맞이해 주었다.

밀리시아의 등 뒤에는 티와 렌카의 모습도 있었는데, 준비 만전으로 기다리고 있었다.

"아주 작은 사고가 있었거든……. 그보다도, 그쪽이야말로 무슨 일이야?"

세 사람의 모습을 보고서 카임이 물었다.

밀리시아, 티, 렌카…… 침실에서 기다리던 세 사람이 몸에 걸친 것은 번뇌에 시달릴 만큼 관능적인 디자인의 잠옷이었다.

아니, 그것은 잠옷이라기보단 속옷이라고 하는 편이 정확할지도 모른다.

세 사람이 몸에 걸친 것은 이른바 '베이비 돌'이라는 옷이었다.

그것 자체는 여성이 사용하는 일반적인 잠옷이기는 하지만, 질 좋은 레이스 천이 몹시나 얇아서 피부가 비쳐 보이고, 팔랑 들쳐 올라간 옷자락 아래에서 상당히 위험한 부분이 엿보였다.

색은 밀리시아가 붉은색, 티가 보라색, 렌카가 검은색. 어느 것이나 무척 잘 어울려서, 마치 보석처럼 빛나 보였다.

"전에 셋이서 쇼핑했을 때 산 건데요, 좀처럼 입을 기회가 없었죠……. 그 왜, 야숙도 많았고, 분위기도 중요하잖아요?"

"……뭐, 그 방과는 안 맞지. 정말로."

황녀의 침실과 섹시 란제리가 묘하게 어울린다.

램프의 어스름한 불빛, 테이블 위에 피운 향이 좋든 싫든 간에 욕정을 북돋아서, 카임은 저도 모르게 마른침을 삼키고 말았다.

"후후후, 모처럼 멋진 침대가 있으니까 즐겨야만 해요."

"내일은 아서 전하와의 면회니까…… 기세를 올리는 것도 중요하잖아?"

티와 렌카가 카임의 손을 잡아당기며 방 안쪽으로 유도했다.

그리고…… 세 미희가 옆에 나란히, 널따란 침대에 누웠다.

"사람은 물려두었으니, 마음껏 드세요."

"여기에 있는 건 카임 님을 위한 암컷이에요. 얼마든지 안아 주세요."

"큭, 죽여라……. 아니, 그냥 해본 소리다. 평소처럼 괴롭혀 주면 기쁘겠어."

화려한 침대에 화려한 미희. 여기가 천국이었나 의심할 만한 광경.

아까 전 포슈벨과 치른 싸움 따위는 한순간에 머릿속에서 지워지고 말았다.

카임은 겉옷을 벗어 던져, 상반신의 맨살을 드러내고서 침대에 뛰어들었다.

"앙!"

처음 선택한 사람은 침대 중앙에 있던 밀리시아였다.

말타기 자세로 올라타자, 밀리시아의 입에서 달콤한 교성이 흘렀다.

카임은 베이비 돌 위로 밀리시아의 가슴을 움켜쥐고서, 말캉말캉한 부드러움을 확인하듯이 주물러댔다. 그 사양 없는 손놀림은 자신의 소유물을 제멋대로 다루는 것처럼 난폭했다.

"응……, 앗……, 하앙. 카임 씨, 세요오……."

그런 남자의 거친 손놀림에, 밀리시아는 오히려 기쁘게 울었다.

푸른 눈동자를 황홀하게 적시며, 카임의 뺨에 손을 뻗고서 사랑스럽게 쓰다듬었다.

"싫다면 뒤로 미룰까? 나는 딱히 상관없는데?"

"심술궂네요……. 이건 좀 더 해달라는 사인이에요……."

"그런가, 그럼."

"앙!"

카임이 좌우 가슴을 잡고 빙글빙글 원을 그리면서 주물렀다.

처음 만졌을 때보다도 신기하게 부드러운 감촉. 베이비 돌 너머로도 전해지는 탱탱함과 탄력은 모두 극상품이다.

'혹시, 처음 했을 때보다 가슴이 커졌나?'

제법 빈번하게 안았으니 오차 범위 내일지도 모르지만, 첫 경험 때보다 아주 조금 성장한 것 같은 기분이 들었다.

밀리시아도 아직 10대 소녀. 충분히 성장의 여지를 남겨둔 모양이다.

"하아……, 으앗. 거기…… 기분 좋아요……."

"여전히 가슴이 약하군. 여기는 완전히 딱딱해졌잖아."

"으하앙!"

밀리시아가 턱을 젖히며 울었다. 딱딱하게 선 돌기를 베이비 돌 너머로 빙글빙글 돌려 주었기 때문이다. 이렇게까지 민감하게 반응하면, 무척이나 만지는 보람이 있다.

카임은 살짝 손을 미끄러뜨려서 베이비 돌의 어깨끈을 내려서 벗기고 가슴을 노출시켰다.

모처럼 입은 요염한 속옷을 벗겨 버리는 건 아깝다는 마음도 들어서, 완전히 벗기지 않고 어깨만 드러냈다.

답답하게 들어 있던 가슴이 해방되어 출렁 흔들렸다. 풍만하게 익었음에도 불구하고, 그 가슴은 누워서도 예쁘게 둥그런 형태를 유지하고 있었다.

예쁜 핑크색 정점이 하얀 피부 속에서 꽃처럼 선명하고 화려하게 피었다. 카임은 살짝 입술을 가져다 대서, 아름답게 핀 꽃잎을 입에 머금었다.

"하읏!"

"쪼옥…… 할짝, 쪼옥쪼옥……."

카임이 돌기에 혀를 휘감아 빨고, 반대쪽 가슴에 손을 미끄러뜨려서 쓰다듬어 댔다.

잠시 그렇게 괴롭히고 나서 손과 입을 교대해 반대쪽 돌기를 빨아들였다. 부드러운 가슴에 땀이 향신료 역할을 하며 극상의 맛을 낸다. 언제까지고 빨고 만질 수 있는 가슴이다.

"아앙……, 카임 씨, 그렇게 가슴만 괴롭히면 안 돼요……. 제 가슴이 떨어져 버릴 거예요……."

"가슴이 안 된다면 어디가 좋은데? 혹시…… 이쪽인가?"

"히아앙!"

달아오른 목소리로 하는 조르기에 응해서, 카임은 비어있던 왼손을 하반신으로 미끄러뜨렸다.

꼼지락꼼지락 부끄럽다는 듯이 맞비비던 넓적다리를 가르고, 탄력 있는 허벅지의 감촉을 맛보면서 미끄러져 들어간다.

가슴을 난폭하게 괴롭히던 것에 비해서, 가랑이 부분을 괴롭히는 손가락 놀림은 섬세하고 부드럽게 하려고 노력했다.

"하앙……. 앗, 응, 하흐으……. 거기, 기분 좋아요……."

촉촉하게 젖은 다리 사이를 쓰다듬고, 굳이 말하지는 않겠지만 얇은 부분을 가르고 있노라니 밀리시아가 콧소리 섞인 신음을 질렀다.

밀리시아의 흥분도 점점 높아진다. 여태까지 몸을 섞어 온 경험상, 앞으로 조금 더 있으면 절정에 다다르고 말 것이다.

"후후후……. 밀리시아 씨, 귀여워요."

"공주님……, 도와드리겠습니다."

그 상황에서 같은 침대의 좌우에 있던 두 사람이 움직였다.

밀리시아의 목이나 어깨를 빨며, 카임과 함께 괴롭히기 시작한 것이다.

"아, 앙! 레, 렌카?! 티 씨까지?!"

"뒷사람이 기다리니까 빨리 가버리세요. 다음은 티 차례예요."

"저도 이제 참을 수 없습니다. 공주님, 부디 가 주세요."

"아앗! 그런, 그렇게 한 번에 핥으면 안 돼요오……!"

티와 렌카가 함께 밀리시아의 피부를 쓰다듬어 대고, 혀로 할짝할짝 핥았다.

카임의 애무로 달아올랐던 성감대는 이미 한계. 관능의 저편으로 순식간에 올라갔다.

"아, 아아아……으하아아아아아아아아아아아아아아아앗!"

세 사람에게서 동시에 괴롭힘당해, 밀리시아가 턱을 뒤로 젖혔다. 몸이 활처럼 휘고, 양다리를 바들바들 격렬하게 떨며, 최고급 침대를 삐걱거리면서 절정에 다다랐다.

밀리시아는 잠시 몸을 경련했지만, 이윽고 힘이 빠져서 침대에 가라앉았다.

가랑이 부분을 애무하던 카임의 손가락은 이미 푹 젖어 버려서, 밀리시아가 얼마나 쾌락을 느꼈는지를 대변하고 있었다.

"아직 전희인데 기절했군. 너무 지나쳤던 거 아닌가?"

"어쩔 수 없군. 공주님께서 주무시는 사이, 내가 상대하지."

렌카가 오른쪽에서 달라붙어서, 검은 베이비 돌에 감싸인 몸을 밀어붙였다. 밀리시아보다도 한층 커다란 가슴이 형태를 바꾸었다.

"아! 렌카 씨, 약았어요! 다음은 티가 이미 예약했어요!"

"훗, 이럴 땐 빠른 사람이 승자지. 왜냐하면, 이 성은 우리의 본거지니까."

"상관없어요! 카임 님에게서 떨어져요!"

대항하듯이 티도 왼쪽에서 달라붙었다.

보라색 베이비 돌에 감싸인, 렌카보다도 더 커다란 가슴이 위팔을 감싼다.

"싸우지 마. 제대로 순서대로 귀여워해 줄 테니까."

"흐앙!"

"아앙!"

카임이 좌우에서 달라붙은 두 사람 사이에 낀 채, 재주 좋게 두 사람의 엉덩이를 붙잡았다.

가슴과 막상막하인 부드러운 엉덩이를 다섯 손가락으로 꾹 누르고, 두 사람의 입술에 번갈아 키스를 떨어뜨렸다.

"걱정하지 않아도, 오늘은 살살 할 생각은 없어. 지겹다고 할 만큼 안아줄 테니까 각오해 둬!"

고향을 떠나서 국경을 넘고, 제국을 여행해 마침내 황성에 다다랐다.

아무래도 카임도 애타게 기다리던 이날에 상당히 고양된 모양이다. 아서와 얼굴을 마주하기 전에, 가슴 안쪽에 맺힌 불꽃을 터뜨려 두고 싶었다.

"크ㅎㅇㅇㅇㅇㅇㅇㅇㅇㅇㅇㅇ응!"

"으하아아아아아아아아아아앙!"

밀리시아의 침실에 두 사람의 교성이 울려 퍼진다.

만약 사전에 밀리시아가 사람을 물리지 않았더라면, 틀림없이 목소리를 들은 기사나 사용인이 여럿 달려왔을 것이다.

그 후, 카임은 회복한 밀리시아도 포함한 세 사람을 번갈아 교대로 안으며, 황성의 화려한 하룻밤을 만끽했다.

아서 가넷. 연령 27세.

제국 제1황자인 그 남자는 전장에서 생을 얻었다.

아서의 어머니는 황제의 아내, 즉 황비였다.

그녀는 황제의 대리인으로서 어느 소국에 위문차 방문했지만, 갑자기 발발한 내란에 말려들고 말았다.

내란의 소용돌이에 말려들던 황비는 제국으로 돌아가기도 여의치 않게 되어, 1년 이상이나 전장으로 변한 소국에 머물게 되고 말았다.

그리고…… 황비는 전화 속에서 한 아이를 낳았다. 그것이 아서다.

전장에서 태어난 아서는 그 출생과 다르지 않게 탁월한 무인으로 자랐다.

무인으로서는 귀재. 군사학이나 제왕학에도 깊은 이해를 드러내, 어린 시절부터 차대 황제로서 나무랄 데 없는 소질을 보였다.

그런 아서였지만…… 아직 황태자로 임명되지는 않았다.

정비의 아들…… 그것도 제1황자. 황제로서 재능도 있다고 한다면, 황태자 임명을 방해할 요소는 없어 보였지만…… 아서에게는 커다란 결점이 있었다.

그것은 너무나 거대한 지배욕. 압도적인 투쟁 본능.

아서는 제국의 차기 황제라는 지위에는 만족하지 않았다. 그보다도 더 위…… 대륙의 패자에 뜻을 두고 있었다.

전장에서 태어난 것이 원인인가. 그렇지 않으면 전란의 패자인 초대 황제의 피를 진하게 이어받은 것인가.

아서 가넷은 싸움을 즐기는 전투광으로 자라, 황제가 되어 다른 나라에 침략 전쟁을 걸겠다는 계획을 하게 되었던 것이다.

○　○　○

그리고 남매가 재회하기로 예정된 때가 왔다.

밀리시아를 선두로 일행은 황성 복도를 걸어가, 성 안쪽에 있는 한 방에 찾아왔다.

본래는 황제가 집무를 처리하기 위해 마련된 그 방에서는, 병상에 누운 방의 주인을 대신해서 제1황자인 아서가 집무를 보고 있다고 한다.

"밀리시아 황녀 전하, 오시길 기다리고 있었습니다."

집무실 문 앞에 대기한 기사들이 공손하게 고개를 숙였다.

"아서 전하께서 기다리십니다. 부디 안으로 들어가십시오."

"…………."

아무래도 기사 역시 밀리시아의 내방을 전해 들은 모양이다. 기사들이 문을 열어서 밀리시아를 안으로 들여보내 주었다.

렌카는 어쨌거나, 동행한 카임과 티는 제지당하는 것이 아닐까 생각했지만…… 문제없이 방 안으로 들여보내 주었다.

"……실례하겠습니다, 밀리시아입니다."

"그래, 잘 왔구나."

방 안쪽에 있는 남자가 짧게 대답했다. 집무실에 발을 들이자, 거기에는 몇 명의 남성이 있었다.

아까 대답한 남자가 정면에 놓인 책상에서 서류를 보며 작업하고 있고, 그 좌우에 있는 옆 책상에서는 보좌 같아 보이는 문관풍 남자가 마찬가지로 서류 작업을 하고 있었다. 벽 근처에는 호위 같아 보이는 기사가 서 있었는데, 카임 일행에게 위압감 있는 시선을 보내왔다.

정면에 놓인 책상 앞에 앉은 이는 20대 중반쯤 되는 연령의 젊은 남자였다.

군더더기 없는 근육을 온몸에 붙이고 있었는데, 몸집도 큰 바위 같은 인상을 줄 만큼 커다랬다. 책상에 앉아 사무 작업을 하는 것보다도, 검을 휘두르는 쪽이 훨씬 어울릴 것 같았다.

이 남자가 바로 아서 가넷.

차기 황제의 자리에 가장 가까운 남자. 밀리시아의 큰오빠이리라.

"돌아왔나."

여동생이 만나러 왔는데, 남자는 책상에 떨어뜨린 시선을 들지도 않고서 입을 열었다.

"시종이 걱정했었다. 긴 여행이었구나."

"……네, 폐를 끼쳤습니다."

긴장한 표정으로 밀리시아가 대답했다. 각오를 다지고서 여기에 왔을 그녀의 이마에는 구슬땀이 맺혀서, 얼마나 긴장하고 있는지 옆에서 봐도 전해진다.

"상관없다. 어차피 란스가 주선한 거겠지? 녀석의 장난도 참 곤란하구나."

"…………."

"그리고…… 그쪽 손님에게도 폐를 끼친 것을 사죄하지. 나중에 충분한 사례를 준비할 테니 받아주게."

"……흥."

아서의 사죄에…… 아니, 사죄를 빙자한 '용서하라'라는 명령에 카임은 코웃음을 쳤다.

'과연……, 강하군.'

단순한 완력의 강함이 아니다. 아서의 온몸에서는 자신감이 배어 나와서, 자신이야말로 정점에 군림할 자라고 믿어 의심치 않는 강자의 오라를 두르고 있다.

다른 사람에게 명령하는 것이 일상이 되어, 초면인 상대라 하더라도 자연스럽게 내려다볼 수 있는…… 그야말로 '패자'였다.

'이 남자라면 다른 나라를 침공하는 일쯤은 태연하게 저지르겠지. 어쩌면 대륙 통일 역시 성취할 수 있을지도 몰라. 그 과정에서 얼마나 시체의 산과 피의 강이 쌓이더라도, 털끝만큼도 마음 아파하지는 않겠지.'

그게 적이든 아군이든, 전장에서 무수한 시체를 쌓아 올리기를 주저하지 않는다.

목숨을 경시하는 것이 아니라, 온 세상의 원망과 증오를 짊어질 만한 각오를 품고 있다.

시대의 영웅인지, 아니면 역사에 남을 폭군인지. 어떤 형태든 간에…… 눈앞에 있는 남자는 이 시대에 무언가 흔적을 새길 것이다.

'패자의 나라에 군림하는 주인으로서는 어울리겠지만…… 친구가 될 수 있는 타입은 아니로군.'

"사죄할 마음이 있다면, 이쪽에 얼굴은 향해야 하는 것 아닌가? 눈알이 책상에 달라붙은 건 아니겠지?"

"카임 씨!"

"…………!"

야유하는 것 같은 말투로 카임이 말하자, 밀리시아가 당황한 듯이 소리를 질렀다.

그와 동시에 방에 뒤숭숭한 살기가 생겨났다. 살기를 뿜은 이는 아서가 아니라, 벽에 대기하던 호위 기사였다. 눈앞에서 주군을 모욕당하자 검에 손을 대고 있었다.

"물러서라."

하지만 아서가 책상에서 고개를 들고서 짧게 말했다. 그 순간, 방을 채웠던 살기가 흩어졌다.

기사가 흠칫 어깨를 떨고서 칼자루를 쥐었던 손을 뗐다.

"……한순간에 흩어지게 했나, 제법이군."

카임이 감탄의 목소리를 흘렸다.

좌우에 있는 기사는 각각 무예를 극한까지 익힌 정예가 틀림없다. 그것을 한마디로 위협해서 살기를 없애 보였다. 웬만한 담력으로 할 수 있는 소행은 아니다.

지배자로서만이 아니라, 전사로서도 상당한 실력이 있다는 사실을 알 수 있다.

"그쪽도 제법 아닌가. 나의 살기를 받고서 땀 한 방울도 안 흘리나."

그리고 아서 또한 카임에 대해서 그런 평가를 입에 담았다.

아까 전의 위협은 카임 일행에게도 향해졌다. 밀리시아는 흠칫 몸을 떨며 얼굴이 새파래졌고, 렌카나 티조차도 긴장으로 표정을 굳혔다. 개의치 않은 이는 카임뿐이었다.

"무언가 무예의 달인가? 검은 휴대하지 않은 모양인데, 무기를 쓰지 않는 격투가인가?"

"글쎄. 다 설명해 줄 만큼 친해진 적은 없는데."

".........."

".........."

카임과 아서.

놓인 처지가 전혀 다르기는 하지만, 두 영웅은 입을 다문 채 서로를 바라보았다. 잠시 말없이 시선을 나누던 두 사람이었지만…… 이윽고 아서가 콧소리를 울리며 입을 열었다.

"마음에 들었다. 밀리시아에게 고용된 모양인데, 지금 이 순간부터 나를 섬겨라. 네게 걸맞은 지위를 마련해 주마. 어디 보자……, 후작위는 어떠냐?"

"……?!"

아서가 카임을 향해서 꺼낸 말을 듣고, 방에 있는 거의 전원이 놀란 표정을 지었다.

제국에서 황족 다음가는 최고위 작위는 '공작'이다.

하지만 공작이 될 수 있는 것은 신분이 떨어진 황족뿐. '후작'은 황족 이외에서는 최고의 지위라고 할 수 있으리라.

그것을 이제 막 만난 내력도 모르는 인간에게 주다니, 도저히 제정신으로 할 짓은 아니었다.

"불복한다면 공작이라도 상관없는데? 현재의 법을 어기게 되기는 하지만……. 그렇군, 밀리시아를 아내로 맞이해 황족의 배우자로 만들어 주면 이치에는 맞겠지."

"네에?!"

한층 더한 양보를 듣자 밀리시아가 얼굴을 붉히며 외쳤다.

물론 밀리시아도 언젠가는 카임을 반려로 삼을 생각이기는 했지만, 그것을 직접적으로 오빠의 입에서 들으리라고는 생각도 못 해본 것이었다.

"네놈은 내 검이 되어 일해라. 밀리시아는 란스가 아니라 나를 황제로 인정하고 보좌해라. 너는 대단한 힘을 가지고 있지는 않지만 백성에게서 인망이 있으니까. 내가 잘 써먹어 주마. 시시한 꿍꿍이는 버려라."

"그건……!"

"어차피 란스와 싸우지 말라고 설득하러 온 거겠지? 그건 불가능하다. 이미 서로 검을 뽑았다. 이제 와서 말로는 멈추지 않는다. 얌전히 우승마를 타고서, 그 남자와 백년해로하면 된다. 반대하는 자가 있으면 뭉개줄 테니까 순순히 따라라."

"……제가 만나러 온 이유를 눈치채셨군요."

"이 정세 아래이니 그 외에는 없겠지."

아서가 똑바로, 꿰뚫어 보는 것 같은 날카로운 시선을 여동생에게 보냈다.

"란스도 황성을 나가 동쪽으로 도망쳐 거병 준비를 하고 있다. 물론, 나도 토벌군을 보낼 생각이다. 이미 전쟁은 피할 수 없다."

"란스 오라버니는 제가 설득해 내겠어요. 그러니, 부디 칼을 거둬주세요."

"무리로군. 하지도 못할 일을 가볍게 말하지 마라."

"무리라니요……!"

"불가능하다. 란스는 어지간한 일로는 송곳니를 드러내지 않는 남자지만, 들어 올린 주먹을 그냥 내릴 만큼 나약하지는 않다. 반역을 위해 병사를 모아두고서 쉽사리 거병을 그만둔다는 우유부단한 짓을 했다간, 신하에게서 지지를 잃게 된다. 녀석 또한 물러설 수 없는 곳까지 와 있는 것이다."

"그럴 수가……!"

반박을 허용하지 않는 단정에, 밀리시아가 표정을 찡그렸다.

부정할 수 없는 갖가지 말이 하나같이 밀리시아를 정확하게 꿰뚫었다.

아서는 밀리시아가 방으로 찾아온 이유를 예상하고서 완전히 논파해 낸 것이다.

"'그렇다면 란스 오라버니의 편을 들겠다'……같은 말은 하지 마라. 딱히 이유는 없지만, 성가시다."

"…………."

"네놈이 목숨을 버리면, 네놈을 따르는 자의 운명 또한 끝나게 된다. 정으로 신하의 목숨을 좌우하지 마라. 란스와 싸우고 싶지 않다면, 싸움이 끝날 때까지 숨어서 조용히 지켜보면 된다. 내가 누이를 해치게 만들지 마라."

"아서, 오라버니……."

밀리시아가 나약하게 신음했다. 아서를 설득하기 위해서 왔을 텐데, 반론도 허락받지 못하고 일방적으로 설득당하고 말았다.

완전한 독무대. 남매 싸움조차 되지 않은 일방적인 전개다.

"…………."

밀리시아는 입을 꾹 다문 채, 입술을 깨물 수밖에 없었다.

밀리시아에게 생각이 모자랐던 것은 아니겠지만…… 진작에 아우를 벨 각오를 한 아서를 말로 멈출 수는 없었다.

대화는 이미 끝났다. 이 자리에 있는 사람이 밀리시아뿐이었다면 말이다.

"아니, 나를 내버려 두고 멋대로 이야기를 진행하지 마. 불쾌하다고."

"음……?"

"카임 씨……?"

카임이 불쾌한 듯이 목소리를 냈다.

아서와 밀리시아의 시선이 카임에게 집중됐다.

"나는 네 수하가 된다고 말한 적이 없어. 공작으로 삼겠다고? 밀리시아를 아내로 맞이시키겠다고? 어느 쪽이든 거절이로군."

카임은 '독의 왕'. 이미 왕인 것이다.

누군가에게 일방적으로 명령을 받아서, 운명을 저당 잡히는 것은 딱 질색이다.

"밀리시아는 진작에 내 여자다. 너에게 받을 이유는 없어. 게다가 돈이나 지위를 원한다면 스스로 손에 넣겠다. 초면인 상대에게 적선 받지는 않아."

"……내 제안을 걷어차겠다는 건가? 그게 어떤 의미인지 이해하는 건가?"

황제가 몸져누운 정세 아래에서, 아서는 이 성의 최고 권력자. 적대하면 모든 기사가 일제히 적이 되리라.

그 사실을 알고서도, 카임은 중지를 세우며 명확히 단언했다.

"내 대답은 간단하다. '마음에 들지 않으면 덤벼라.' ……이상이다."

"무례한!"

"아서 전하께 무슨 망언을……!"

깔보는 것 같은 카임의 말투에 호위로 대기하던 제국 병사가 격분했다.

병사가 허리에 찬 검으로 손을 뻗어 일촉즉발이 되었지만……

그 순간, 카임의 몸에서 농밀한 살기가 뿜어졌다.

"시끄러워, 피라미는 찌그러져 있어라."

"…………!"

카임이 날카로운 윽박을 입에 담았다. 그것만으로 병사가 얼어붙은 듯이 움직임을 멈추었다.

겁먹은 것은 아니다. 그들은 제국을 위해서, 그리고 아서를 위해서라면 목숨조차 기꺼이 내던지는 충신이다.

설령 승기가 전혀 없는 압도적인 강자가 상대라 해도, 그들은 과감하게 검을 겨눈다……. 그럴 터인데.

"으……!"

하지만…… 그런 제국 병사가 꼼짝 못 하고 서서 몸을 잘게 떤다. 카임은 그저 노려볼 뿐인데, 아까 전의 아서보다 강한 위압감을 몸에 두르고 있었다.

"흐음……, 기운을 뿜은 것만으로 호위를 움츠러들게 할 수 있다니, 예상보다 더 제법 아닌가."

아서가 감탄한 듯이 턱을 쓰다듬었다. 카임이 째려본 병사가 얼어붙은 것처럼 움직임을 멈춘 것은, 순수하고 순전한 살기를 뒤집어썼기 때문이었다.

아무리 용감한 병사라 해도, 카임의 살기를 뒤집어쓰게 되면 본능으로 깨닫고 만다. 상대가 생태계에서 자신들의 상위에 서는 존재라고.

'뱀 앞에 굳어버린 개구리'라는 말이 있듯이…… 생물은 어쩔 방도가 없는 천적을 눈앞에 두면 옴짝달싹조차 할 수 없게 되고 만다. 싸우기는커녕 도망치는 것조차 불가능해져서, 살아가기를 포기하고 마는 것이다.

"그쯤 해두겠나. 그렇게 노려보면 내 병사가 죽고 말 거다."

"흥……."

"커헉……!"

카임이 살기를 풀자, 병사가 무릎을 꿇고서 거친 숨을 쉬었다. 그대로 살기를 계속 뒤집어썼다면 육체가 죽었다고 착각해서 생명 활동 그 자체가 정지했으리라.

"밀리시아, 너는 그래도 괜찮은 건가?"

"네……?"

카임이 넋 나간 얼굴로 멀거니 선 밀리시아에게 물었다.

"너는 각오를 정하고서 여기에 왔을 텐데. 도중에도 생각할 시간은 잔뜩 있었지. 시시한 설교로 잃어버릴 만큼, 네 각오는 미적지근했나?"

"…………!"

"말해 줘라. 나는 그런 나약한 여자에게 반한 기억은 없다고."

"네……, 알겠습니다. 카임 씨!"

카임의 말에 활기를 얻고서, 밀리시아가 고개를 들었다. 아까 전까지는 반론도 하지 못하고 주눅 들어 있었는데, 이번에는 똑바로 오빠를 노려보았다.

"아서 오라버니, 오라버니께 드릴 말씀이 있어요."

"……말해 봐라."

"오라버니는 차기 황제에 어울리지 않아요! 전쟁을 바라고, 제국에 혼란을 가져오려는 오라버니를 황제로 인정할 수는 없어요!"

명확하게, 단호하게 단언했다.

제1황자인 오빠에게, 공공연히 실격의 낙인을 찍어 보였다. 얼굴을 마주하고서 싸움을 거는 일은 아서와 대립하는 제2황자

란스조차 하지 않았을 터인데.

"……잘도 떠드는구나. 아무런 힘도 가지지 않은 황녀 주제에."

"저는 아무것도 못 하는 여자지만, 여자이기에 할 수 있는 일도 있겠죠."

"그런 네 눈으로 보기에, 나라는 남자는 황제에 어울리지 않는다는 건가……. 재미있군."

그 순간, 아서의 기척이 부풀어 올랐다. 아까 전의 카임과 마찬가지로, 여태까지 숨기고 있던 살기를 해방한 것이다.

"그래서? 내가 차기 황제에 어울리지 않다고 한다면, 어쩔 셈이냐?"

"……란스 오라버니 편을 들어서, 황제가 되도록 돕겠어요. 지금부터 우리는 적이 되는 거예요."

"그런가, 그런가. 그렇군……. 우습게 보지 마라. 그걸 선언한 네놈이 이 성에서 살아 나갈 수 있을 줄 아는 거냐?"

아서가 집무 책상을 주먹으로 때렸다. 그러자 문이 열리고 병사가 방에 밀려 들어와 카임 일행을 포위했다.

재빠르고도 조용한 움직임. 카임의 살기에 겁먹어서 옴짝달싹할 수 없게 되었던 병사들보다도, 명백히 격이 높은 기사인 모양이다.

"호언장담을 내뱉는 건 좋다. 누이의 성장은 자랑스럽기 마련이지. 하지만…… 그 말을 입에 담을 만한 힘이 네게 있을까?"

"저에게는 없어요. 하지만 제 남편 될 분에게는 그게 있어요."

"흐음?"

아서가 흥미 깊게 눈을 가늘게 떴고, 동시에 카임이 주먹을 쥐었다.

"대강 예상한 대로의 전개로군……. 교섭이 결렬되리라 생각했다고."

카임은 쓸쓸하게 웃으면서, 체내의 마력을 가다듬었다.

아서를 한눈에 보았을 때부터, 이렇게 되리라는 사실은 알았다.

이 남자는 말로 멈출 만한 인간이 아니다. 선인인지 악인인지는 알 바가 아니지만…… 아서에게는 신념과 야심이 있다. 납득시키려면 힘으로 꺾을 수밖에 없다.

"약육강식. 강한 자가 옳다……. 그것이 너의 정의라고 한다면, 알기 쉬워서 좋잖아. 힘으로 해결할 수 있는 문제는 나도 무척 좋아해."

"자신이 할 수 없는 일을 남편에게 시킨다……. 확실히 여자의 무기로군. 나에게는 불가능한 방식이다."

온몸에서 마력과 투지가 용솟음치는 카임을 보고서, 아서는 쓸쓸하게 웃었다.

카임의 몸에서 방출되는 마력 양은 일반적인 마술사의 열 배이상. 압도적인 힘의 격류를 눈으로 목격하면서도 아서의 눈에는 공포의 빛이 전혀 없었다.

아까 전 살기를 부딪쳤을 때도 겁먹은 기색은 없었다. 눈앞에 있는 황자는 지위를 가졌을 뿐만이 아니라, 상당한 수라장을 헤쳐온 것이리라.

"그럼, 구경해 볼까. 네가 선택한 남자의 힘이란 것을!"

"그렇게 하지. 실컷 만끽해라!"

제국병이 일제히 뛰어들었다.

카임은 독의 마력을 몸에 두르고 채찍처럼 발을 구부렸다.

"홋!"

"으아악?!"

기사가 날카로운 발차기를 받고서 날아갔다. 건장한 기사는 바닥을 구르면서 일어나려고 했지만…… 그대로 엎어져서 움직일 수 없게 되었다.

죽지는 않았다. 마비성이 있는 독의 마력을 뒤집어써서 옴짝달싹할 수 없게 된 것이다.

"과연, 재미있는 기술을 쓰는군."

쓰러진 자신의 수하를 내려다보며, 아서가 흥미 깊은 듯이 눈을 가늘게 떴다.

"압축한 마력을 두르고서 싸우는 격투술. 자신의 신체를 극한까지 갈고닦아 무기도 필요치 않은 그 기술은 '투귀신류'. 동방에 전해지는 무투술인가. 게다가 그 마력은…… 저주의 부류인가? 본 적 없는 마법이야."

"혜안을 가졌군. 하지만…… 이 상황에서 지나치게 느긋한 것 아닌가?"

적을 앞에 두고서 도망도 치지 않고 분석할 줄이야, 용맹을 뛰어넘어서 어리석다.

아서와 란스. 두 황자의 싸움을 말리고 싶은 카임으로서는 여기에서 아서를 저세상 사람으로 만들어 버리는 것이 가장 간단한 수단이다.

'차라리, 정말로 이대로 처리해 버릴까⋯⋯?'

카임의 머리에 그런 생각이 스쳤지만, 역시나 오빠가 눈앞에서 목숨을 잃게 되는 것은 밀리시아도 바라지 않으리라. 평화를 위해서 오빠와 싸울 각오를 했다고는 해도, 밀리시아가 선량한 성격의 사람이라는 사실에 변함은 없으니까.

"일단⋯⋯ 재기불능으로 부러뜨리도록 할까!"

카임이 바닥을 박차고, 아서를 노려서 뛰어들었다.

그대로 독과 타격을 써서 때려눕혀 주려고 했지만⋯⋯ 그 직전, 아서의 앞쪽에 반투명한 벽이 출현해 카임이 내지른 주먹을 받아냈다.

"⋯⋯⋯⋯!"

"성급하네에. 그렇게 간단히 킹을 빼앗길 우리가 아니야아."

귓불을 때리는 여성의 목소리.

마치 허공에서 배어 나오다시피 해서, 아서의 곁에 두 인물이 나타났다.

"가웨인 장군. 거기에 대현자 멀린⋯⋯. 설마 아서 오라버니의 '쌍익(雙翼)'이 나란히 나타나다니⋯⋯!"

밀리시아가 공포를 담은 목소리로 그들의 이름을 불렀다.

어디에선가 전이해 온 이는 갑옷을 입은 큰 몸집의 남성. 그리고 그야말로 '마법사' 같은 삼각 모자에 속옷 같은 관능적인 드레스를 입은 여성이었다.

여성이 카임의 얼굴을 보고서 재미있다는 듯이 입술을 끌어올

렸다.

"유쾌하네에. 이렇게까지 예상 밖의 사태가 이어지다니 오랜만이야. 이 타이밍에 밀리시아 전하가 나타나고, 덤으로 '독의 여왕'과 비슷한 마력을 사용하는 남자까지⋯⋯. 내 '라플라스의 예언'이 이렇게까지 어긋나다니, 얼마나 카오스가 쌓였던 걸까아?"

"⋯⋯너는 누구냐?"

"'좌익(左翼)'의 멀린. 여기에 있는 아서의 측근이야. 대현자⋯⋯ 혹은 '예언자'라고 부르는 사람도 있지."

아무래도 겉모습 그대로 마법사인 모양이다. 아까 전, 카임의 공격에서 보호한 반투명한 벽은 그녀가 만들어 낸 배리어이리라.

"그리고 이쪽에 있는 사람이 '우익(右翼)'의 가웨인. 아서 전하의 수하에 있는 병사를 통괄하는 장군이야."

"⋯⋯⋯⋯."

아서를 보호하던 반투명한 벽이 사라지고, 검은 갑옷을 입은 남자가 한 걸음 앞으로 걸어 나왔다.

그 찰나, 카임의 피부를 찌르는 것 같은 위압감이 주위를 뒤덮었다.

'강하다⋯⋯!'

한순간의 대치. 눈을 마주치기만 했는데 이해한다. 가웨인이라 불린 이 남자가 보기 드문 달인이라는 사실을.

큰 몸집에 강해 보이는 육체는 셀 수 없는 적을 쓰러뜨리고, 동료의 시체를 밟고, 상처를 입으면서 계속 걸어옴으로써 단련된 것이리라.

한번 허리에 찬 검을 뽑으면, 틀림없이 눈앞에 있는 적을 남기지 않고 양단할 것이다.

'격투가와 검사라는 차이는 있지만, 틀림없이 '권성'에 필적하는 검사로군. 적의 본거지에서 싸우는 건 불리한가?'

"어쩔 수 없지……. 이번에는 물러갈까."

"……놓치리라고 생각하는 건가? 아서 전하께 적대하는 말을 해놓고서."

처음으로 가웨인이 입을 열었다. 전신 갑옷 안쪽에서 울려오는 목소리. 중후함이 있는 저음이 절대로 놓치지 않겠다고 말해 왔다.

"티, 퇴로를 만들어라. 렌카는 밀리시아를. 후미는 내가 맡지."

"알겠어요."

"……알았다."

"좋아……, 가라!"

카임이 신호를 내자 동료들이 일제히 움직이기 시작했다. 티를 선두로 해서, 왔던 길을 되돌아가 황성을 역주행했다.

다행히, 이 방에 있던 기사는 카임이 흩뜨려 놨다. 다른 기사나 병사가 모여들기 전에 도망칠 수 있다면, 붙잡히지 않고 성을 나갈 수 있으리라.

"카임 님도 부디 몸조심하세요……!"

렌카에게 이끌려 가는 밀리시아가 필사적인 표정으로 말했다. 카임은 뒤돌아보지 않고 오른손을 들면서, 시선은 눈앞에 있는 가웨인에게서 돌리지 않았다.

'이로써 동료를 말려들게 할 일은 없어……. 전력을 내도 괜찮겠군.'

사양하지 않고, 마음껏 싸울 수 있으리라.

"자, 싸울까."

카임은 호전적으로 송곳니를 드러내며 눈앞에 있는 적을 노려보았다.

온몸에서 막대한 마력을 뿜으며 신체 표면에서 압축시킨다.

'독의 여왕'에게서 물려받은 마력은 그럴 마음만 먹으면 성을 날려버릴 수 있을 만큼 막대한 양이었다. 그것을 갑옷처럼 두른 카임의 모습은 인계에 강림한 마신 같았다. 웬만한 정신을 가진 사람이라면, 눈으로 보기만 해도 싸울 의지가 꺾이고 말 것이다.

"…………."

하지만 가웨인의 얼굴에 겁먹은 기색은 없었다.

겁먹기는커녕, 허리에서 뽑은 흑검의 끝부분이 살짝 흔들리는 기색도 없다. 얼마나 큰 담력을 가졌는지 눈을 의심할 지경이다.

'정말로 대단한 검사로군……. 찬찬히 싸울 수 없는 게 유감이야.'

본래대로라면 시간을 들여서 싸움을 즐기고 싶은 참이었지만, 밀리시아 일행이 앞서 도망가고 있으니 빨리 쫓아가야만 한다.

"자독마법──【니드호그】."

"오오……!"

"이건……!"

카임은 양손으로 뱀의 턱 같은 자세를 취했다. 양손 사이에 점차 마력이 집약된다. 분화 직전의 화산 같은 파괴력을 감지한 가웨인과 멀린이 주군 앞에 서서 방패가 되었다.

"훗!"

카임의 양손에서 쏘아진 맹독의 마력이 용과 같은 형상으로 변해 적을 덮쳤다.

막대한 마력을 담은 그 일격은 그야말로 필살. 뼈도 남기지 않고 녹여 버릴 만큼 강력한 산성을 가진 맹독이었다.

"최상위 방호 마법【실드 오브 아이기스】."

하지만 멀린이 지팡이를 치켜 올리자, 세 사람의 전방에 원형 마법진이 출현해서 방패가 되었다.

눈부시게 빛나는 마법의 방패와 독의 용이 정면에서 서로 부딪쳐, 쩔껑쩔껑 금속을 맞비비는 듯한 불쾌한 고음이 울려 퍼졌다.

"이봐, 정말이냐……!"

카임은 표정을 일그러뜨렸다. 현재의 카임이 쓸 수 있는 최고 위력을 가진 자독마법인데 꿰뚫을 수 없다.

이 정도로 단단한 장벽을 한순간에 구축할 수 있는 마법사가 존재할 줄은 몰랐다.

"잠까안……, 거짓말이지이?"

한편으로 방벽을 꺼낸 멀린 또한 표정을 일그러뜨렸다.

그녀가 사용한 방호 마법은 온갖 공격을 튕기고, 되돌려보내는 것. 그런데…… 카임의 무식한 힘에 지고 있어서 되받아칠 수 없었다.

"으……!"

"으응……!"

충돌한 두 개의 마법이 몇 초의 균형을 이룬 후, 강렬한 충격파를 만들어 냈다.

파열한 독의 용이 흩어져 보라색 가스로 변해 주위 일대에 퍼졌다.

"훗!"

그 순간, 카임이 힘차게 바닥을 박차고서는 자세를 낮추고 바닥을 미끄러지듯이 달렸다.

보라색 안개에 몸을 숨기다시피 아서에게 접근해서, 압축 마력으로 만든 칼날로 베었다.

"투귀신류——【청룡】!"

"…………!"

뒤늦게 아서가 카임의 공격을 깨달았다. 몸을 사리며 방어하려고 했지만…… 살짝 타이밍이 늦었다. 마력의 칼날이 아서의 몸통에 육박했다.

"으으윽…….!"

"웃……!"

하지만 둘 사이에 끼어든 흑철의 검이 마력의 칼날을 받아냈다.

허를 찔린 일격을 방어하고 주인을 지켜 낸 이는 칠흑의 갑옷으로 몸을 두른 기사—— 가웨인이다.

"빠르지만…… 너무나도 직선적이로군. 천성의 재능이나 경험이 부족한 모양인데. 스승이 일찍 타계했나?"

"……귀가 따가운 소리를 하잖아. 아무것도 모르는 주제에."

공격을 막혔을 뿐만이 아니다. 고작 한 합의 칼싸움 중에, 가웨인은 카임의 기술이 가진 결점을 꿰뚫어 보았다.

카임은 보고 흉내 내는 독학으로 투귀신류를 습득하고, '독의 여왕'과 융합함으로써 잠자던 재능을 개화시켰다. 제대로 기술을 가르쳐준 스승이 없기 때문에, 격이 높은 상대와 맞붙는 실전 경험이 압도적으로 부족했다.

'상대는 격이 높은 무인. 덤으로 동등한 수준의 마법사까지 있으니 장난이 아니다……!'

"투귀신류——【응룡】!"

죽음 속에서 살길을 찾는다. 카임은 굳이 가웨인과 벌어진 거리를 좁히고, 단숨에 결판을 내기로 결정했다.

카임의 선택은 틀리지 않았다. 불리한 상황에서, 무기와 맨손의 사정거리 차이를 생각하면 합리적인 판단이라고 할 수 있으리라.

"음……!"

"웃……?!"

하지만 예상 밖이었던 것은 가웨인의 역량이다.

가웨인은 카임의 타격을 피하지 않고 갑옷의 가슴 부분으로 받아냈다.

【응룡】은 손바닥으로 상대의 체내에 충격을 때려 넣어서, 신체의 안쪽에서 터뜨리는 기술이다. 제아무리 단단한 갑옷으로 몸을 감쌌다고 해도 장갑을 관통해서 위력을 통과시킬 수 있을

터였다.

하지만 가웨인은 강하게 양발을 힘껏 밟아서 공격을 받아내고, 터무니없이 탁월한 무게중심 조절로 충격을 지면으로 흘려 넘겼다. 그로 인해 황성 바닥에 크게 금이 가서 파괴되었지만…… 정작 중요한 가웨인에게 눈에 띄는 대미지는 없었다.

"흐읍!"

"칫……!"

가웨인이 흑검을 내리쳤다.

공격을 눈으로 인식하기도 전에, 카임은 뒷걸음질로 후퇴했다. 가장 빠른 속도로 회피했을 터인데, 카임의 오른쪽 어깨부터 허리에 걸쳐서 비스듬하게 찢어진 상처가 새겨졌다.

"검은 피했을 텐데…… 마력인가!"

가웨인은 흑철의 검 표면에 농밀한 마력을 둘렀다. 아마도 투귀신류에도 이를 만한 숙련도를 가진 압축 마력을.

검은 피했으나 그 표면에 둘렸던 마력의 참격까지 피할 수는 없어서 상처를 입고 말았다.

"……마랑왕과 싸우지 않았더라면, 몸통이 양단되었을지도 모르겠군."

카임이 상처를 쓰다듬으며 몸에서 흐른 피를 털어냈다.

베인 곳은 옷과 피부 한 꺼풀뿐. 겉으로 보이는 출혈만큼 대미지는 없었다.

아슬아슬하기는 하지만 제때 맞춰 회피한 덕분이다. 제도에 올 때까지 마랑왕이라는 격이 높은 적과 전투해서 능력이 향상

되지 않았더라면 끝장났을 가능성도 있다.

"어머나, 나를 잊은 거 아닐까아?"

카임은 가까스로 가웨인의 참격을 피했지만, 상대는 검은 갑옷의 기사뿐만이 아니다.

로브를 몸에 두른 마녀…… 멀린이 장난스럽게 웃으며 마법을 발동했다.

카임의 발치에서 식물 덩굴이 생겨나 발목에 휘감겼다. 강제적으로 무릎이 꿇려 움직임이 봉쇄되고 말았다.

방심한 것은 아니었지만…… 가웨인의 일격을 막 받아서 마법까지 피할 여유가 없었다.

"제기랄, 아무리 그래도 까다롭군……!"

"무리겠지. 궁지에 몰린 모양이로구나."

넝쿨을 잡아 뜯으려고 하는 카임에게 아서가 결판을 알렸다.

그는 담담한 말투로 말을 꺼내고, 허리에 찬 검을 뽑아서 카임의 목에 들이댔다.

"나쁘지 않았다. 오히려, 잘도 나의 쌍익을 상대로 여기까지 해냈다고 칭찬해 주고 싶을 지경이야……. 하지만, 판단을 잘못했군."

"……무슨 소리야, 밀리시아 쪽에 붙은 게 잘못이었다는 말이라도 하고 싶은 건가?"

"다른 사람의 연애에 참견할 생각은 없다. 잘못된 판단은 네가 동료를 도망 보내기 위해 후미를 맡았던 것이다."

아서는 복도 안쪽에 눈길을 주었다.

복도에는 아직 독의 안개가 자욱이 끼어 있다. 제국 기사가 몇 명이나 쓰러진 복도에는 이미 밀리시아 일행의 모습이 없었다. 렌카와 티와 함께 도망친 것이다.

"밀리시아가 나에게 승리할 수 있다고 한다면, 그건 네놈이라는 장기 말이 있기 때문이었다. 그런데 비장의 카드가 될 전력인 네놈이 가장 위험한 역할을 맡다니 지극히 불합리한 일이다. 도망치기 위한 시간 벌기는 렌카나, 그 수인 여자에게 시켜야 했던 거다."

"…………."

"여자에 대한 정으로 눈이 흐려진 모양이로군. 왕도란 즉 합리의 추구다. 정에 휩쓸리는 나약한 자가 이길 수 있을 만큼 싸움은 호락호락하지 않아."

"……잘도 지껄이는군. 측근에게 보호받기만 한 주제에."

아서의 말은 옳겠지만, 카임에게는 받아들이기 힘든 내용이다.

카임의 인생 목표 중 하나는 서로 마음이 통할 수 있는 가족을 손에 넣는 것.

어릴 적부터 아버지에게 학대받고, 쌍둥이 여동생과 험악한 관계였던 카임에게…… 그것은 절대로 굽힐 수 없는 혼에 새겨진 소원.

동료를, 연인을 희생해서 자신이 도망친다는 선택지는 없었다.

'정에 휩쓸릴 생각은 없어……, 그 세 사람은 나에게, 심장이나 마찬가지인 존재. 잘라버린다는 발상이 없다고…….'

그 마음을 입에 담지 않고, 카임은 묵묵히 아서를 노려보았다.

아서 또한 카임을 내려다보았지만…… 이윽고 작게 한숨을 내뱉었다.

"……그게 네놈의 신념이라고 한다면 좋을 대로 해라. 내 누이의 남편, 나에게는 매제가 되나? 이대로 얌전하게 투항한다면 목숨까지는 빼앗지 않겠다. 네놈을 잡아두면 밀리시아도 제 발로 돌아오겠지."

"……잠꼬대는 잘 때 해라. 이상이다."

"유감이다."

"…………."

카임은 아서의 빈틈을 엿보았지만…… 검을 들이댄 황자의 좌우에는 '쌍익'이 나란히 서 있었다.

카임이 덩굴의 구속을 찢고서, 반격으로 전환할 때까지 적어도 1초는 걸린다. 지상 최고봉의 전사와 마법사를 상대로 이 자리를 벗어나기에는 영원이라고 할 만큼 긴 시간이었다.

'이건…… 쓸 수밖에 없나…….'

마랑왕과 싸웠을 때 이상으로 죽음을 가까이 느꼈다. 카임은 비장의 카드를 꺼낼 각오를 했다.

투귀신류 비오의 형태――【치우】. 마랑왕을 타도한 오의라면, 어쩌면 이 상황을 벗어날 수 있을지도 모른다.

'가웨인과 멀린……, 각각 마랑왕과도 필적하는 강적. 솔직히, 이 기술을 쓴다고 해도 이길 자신은 없어…….'

하지만 쓰지 않으면 죽는다. 목숨을 건다면 사력을 다하고 나서 해야 한다.

"⋯⋯⋯⋯?!"

하지만⋯⋯ 오의를 발동시키기 직전, 카임은 그것을 깨달았다.

무릎을 꿇고서 아서를 올려다보고 있었기 때문에, 우연히도 '그녀'가 시야에 들어온 것이었다.

'이 녀석⋯⋯, 언제부터 거기에 있었지?!'

누군가가 천장에 붙어 있다. 가느다란 몸. 그림자 같은 검은 의상을 몸에 두르고서, 이 자리에 있는 몇 명이나 되는 맹자에게 존재를 들키지 않고 숨을 죽이고 있었다.

카임이 알아차렸다는 사실을 '그녀'도 알아챈 것이리라. 이 이상, 몸을 숨길 필요는 없다는 양 움직이기 시작했다.

"목을 치겠어."

천장을 박차고서, 그 여자는 머리 위에서 아서를 노려 덮쳐들었다. 목 뒤쪽에서 묶은 네이비 블루의 머리카락이 살랑 흔들렸다.

'참수의 로즈벳'.

지명수배 중인 범죄자이자, 수도를 향하던 도중에 카임 일행과 만난 살인 청부업자가 시퍼런 나이프를 내리쳤다.

"으음?!"

머리 위에서 다가오는 습격자를, 직전에 아서는 깨달았다. 카임에게 향하던 검을 치켜들고서 육박하는 참격을 받아냈다.

확실히 죽일 수 있던 타이밍의 기습을 막아낸 것은 역시 대단하다고 할 수밖에 없다.

하지만 로즈벳은 곧바로 반대쪽 손으로 나이프를 뽑아 가로

베기로 휘둘렀다.

날카로운 참격이 아서의 목에 붉은 선을 새기고, 한순간 뒤늦게 바닥에 철퍽 피가 흩날렸다.

"전하?!"

"웬 놈이냐?!"

아무런 전조도 없이 습격자가 나타나자 멀린과 가웨인이 초조한 소리를 질렀다.

지켜야 할 대상에게, 절대적으로 상처 입혀서는 안 될 제국 황자에게 암살자의 독니가 향하고 있다. 그들은 아서를 지키고자 곧바로 움직이기 시작했다.

"【그레이터 힐】."

"전하에게서 떨어져라!"

멀린이 마법으로 아서가 입은 상처를 치유했다. 목에 입은 상처는 나름대로 깊다. 경동맥까지 다다랐었는데, 한순간에 상처가 막혔다.

가웨인이 아서와 로즈벳 사이에 칠흑의 검을 미끄러뜨려 강제적으로 떼어냈다. 로즈벳이 후방으로 도약해서 양손을 바닥에 대었다.

"칫……, 일을 그르쳤네."

"훌륭하다. 암살자 계집이여."

방금 그야말로 죽을 뻔했던 아서가 로즈벳을 칭찬했다.

"공격 직전까지, 전혀 기척을 느끼지 못했어. ……상당한 숙련가라고 판단했다. 너도 밀리시아의 동료인가?"

"무슨 소리를 하는지 모르겠네. 나는 살인 청부업자, 의뢰를 받으면 목을 떨어뜨릴 뿐이야."

"의뢰인은 란스인가? 그렇지 않으면, 타국 사람인가?"

"의뢰인을 가르쳐줄 수는 없어. 하지만…… 란스라는 황자도 타깃에 들어가 있는 것쯤은 가르쳐줄게."

로즈벳은 양손에 든 나이프를 돌리고서 호전적인 웃음을 얼굴에 띠었다.

"정보료는 당신의 목숨이면 돼. 값싼 목이지?"

"그렇게 내버려 두겠나. 우리 모습은 안 보이는 건가?"

가웨인이 아서를 감싸듯이 앞으로 나섰다.

그는 투구 안쪽에서 주군의 적을 노려보며, 로즈벳을 향해서 흑검을 내리치려고 했다.

"【기린】."

하지만 그 상황에 카임이 움직였다.

로즈벳의 습격으로 생겨난 혼란을 틈타서 구속을 잡아 뜯고, 가웨인을 노려 압축 마력을 쏘았다. 검신에 충돌한 일격이 가웨인의 검을 둔화시켰고, 그 틈에 로즈벳이 나이프로 갑옷 틈새를 노렸다.

"팔을 받아 갈게."

"그렇게는 못 해!"

물론, 그것을 내버려 둘 멀린은 아니다. 마법의 방패가 가웨인을 보호해서 충격을 막았다.

"하앗!"

"읏……!"

나이프에 의한 공격이 튕긴 틈에, 상처가 다 나은 아서가 로즈벳을 베려고 덤볐다.

로즈벳은 백 텀블링을 하면서 참격을 회피해 적 세 사람에게서 거리를 벌렸다.

"곤란하게 됐네, 실패한 모양이야."

로즈벳이 입술을 삐죽였다.

본래대로라면, 천장에서 한 일격으로 처리해야만 했다. 그래야만 했다.

하지만…… 아서의 반응이 로즈벳의 예상 이상이라서, 일격으로 목숨을 따낼 수 없었다.

이렇게 되면 로즈벳은 약하다. 그녀는 암살자이지, 기사도 전사도 무예가도 아니니까.

"이 자리는 물러나서 태세를 다시 갖추고 싶은 참인데……. 있잖아, 뭔가 좋은 수단 없어?"

"갑자기 나타나서 동료인 척이냐. 뭐, 이쪽도 덕분에 살았지만."

로즈벳의 옆에 나란히 서서, 카임이 가볍게 어깨를 돌렸다.

예상 밖의 난입으로 궁지에서 벗어날 수 있었기는 하지만, 형세가 불리하다는 사실에는 변함이 없다. 로즈벳은 아군인 것도 아니라서 신용할 수 없고, 눈앞에는 일대일의 전투에서도 애를 먹을 상대가 셋이다.

덤으로, 느긋하게 굴면 기사나 병사가 도와주러 오리라.

"밀리시아 쪽도 이미 도망쳤을 테니…… 나는 이만 물러가도록 하지. 다음에 만날 때는 전장이 될 테니 각오해 두도록 해."

"도망칠 수 있을 것 같은가? 우리가 그걸 내버려 둔다고?"

"도망치는 게 아니라 전략적 철수라고 해줬으면 좋겠네…….
뭐, 어느 쪽이든 마찬가지지만."

카임은 오른손을 가볍게 들고서 손가락을 겨누었다.

아서가 의아한 표정을 지었지만…… 옆에 있던 멀린은 카임이
무슨 일을 하려는지 깨닫고서 눈을 크게 떴다.

"엎드려어! 폭발할 거야아!"

"유감이지만, 독은 이미 충분히 퍼졌어……. 【포이즌 플레어】."

카임은 불꽃이 생길 만큼 강하게 손가락을 딱 튕겼다.

다음 순간, 격렬한 폭음이 황성의 복도를 감쌌다.

"【아크엔젤즈 생추어리】."

멀린이 곧바로 결계를 펼쳐서 아서를 보호했다.

돔 형태의 장벽이 폭염으로부터 아서 일행을 지켰지만…… 불
꽃이 사라졌을 때는 카임과 로즈벳의 모습은 연기처럼 사라져
있었다.

"그런가……, 그 독은 가연성이었나……."

아직 자욱이 낀 검은 연기 속에서, 아서가 미간에 주름을 새기
며 신음했다.

카임이 펼친 마법으로 주위엔 안개 상태의 독가스가 자욱이
끼어 있었다. 카임은 손가락을 튕겨서 불꽃을 만들어 내, 가연
성 가스를 인화시켜 폭발을 일으킨 것이다.

"……면목 없습니다, 아서 전하. 아무래도 적을 놓치고 만 모양입니다."

가웨인이 무겁게 보고했다.

검은 갑옷의 기사가 보내는 시선 앞에는 복도 유리창이 깨지고 파편이 흩어져 있다. 아마도 그곳을 통해 바깥으로 탈출한 것이리라.

"그 여자의 정체도 파악하지 못했네. 놀랐어, 내 '라플라스'가 예상도 하지 않았던 일이 이렇게나 연속으로 일어날 줄이야."

"밀리시아의 천운인가. 그렇지 않으면 그 남자의 힘인가? 어느 쪽이든지…… 재미있군."

생각지 못한 장애가 생기고 말았지만, 아서는 오히려 유쾌하게 표정을 풀었다.

"이건 내가 황제가 되기 위한 시련인가? 제국이 대륙의 패자가 되기 위한 통과 의례인가?"

그렇다면 모든 것을 집어삼키고서 나아가야만 한다.

제국이야말로 대륙을 제패할 위대한 대국이고, 아서 가넷이야말로 세계의 정점에 군림할 패자이기에.

번외편 　사로잡힌 렌카

"큭……. 하아, 하아, 하아……."

석조 감옥 안에 한 여성이 구속되어 있다.

천장에서 내려온 쇠사슬로 양손을 구속당해 매달려 있는 이는 붉은 머리카락에 잘 빠진 몸매를 가진 미녀였다.

여성은 신체 여기저기에 상처를 입었고, 탐스럽게 익은 가슴을 가리는 것은 거적때기 같은 옷 한 장뿐이었다.

"큭……, 죽여라……."

떨리는 목소리로 중얼거린 그녀의 이름은 렌카. 대륙 중앙의 패자인 가넷 제국을 섬기는 여기사이고, 황녀 밀리시아의 호위 역할을 맡았다.

하지만…… 렌카는 현재 사로잡힌 몸. 포로로 구속당해, 한창 엄격한 심문을 받는 도중이었다.

"……적당히 실토하는 게 어떠냐? 동료는 어디에 있지?"

감옥 안쪽에서 심문관이 나타났다. 얼굴을 마스크로 감춘 보라색 머리카락의 심문관이 철썩철썩 채찍으로 손바닥을 두드리며 소리를 울렸다.

"웃……!"

채찍 소리에 렌카가 움찔 몸을 떨었지만, 고개를 들어서 심문관을 당차게 노려보았다.

"내, 내가 동료를 파는 일은 결단코 없다……. 포기하시지."

"이것 참…… 그렇게 채찍을 원한다면 때려 주지. 받아라!"

"으아앙!"

심문관이 채찍을 휘둘렀다. 렌카의 등에 붉은 자국이 새겨지고 새된 비명이 울렸다.

"큭⋯⋯후⋯⋯아하아⋯⋯."

"큭큭크⋯⋯, 이래도 아직 입을 안 여는 거냐?"

"으⋯⋯, 얘기할 것, 같으냐⋯⋯."

"그런가."

"캐앵!"

다시 채찍이 휘둘러졌다. 렌카가 개처럼 울었다.

채찍으로 얻어맞게 되자 가까스로 살결을 감추었던 거적때기가 날아갔다.

속옷조차 몸에 걸치지 않은 팔다리와 신체가 노출되고, 풍만한 가슴이 심문관 남자의 앞에 드러났다.

"큭큭크⋯⋯, 여기사님은 꽤 농익은 몸을 가지고 있군. 이 가슴을 써서 황족의 호위까지 올라간 건가?"

"그, 그만⋯⋯, 만지지 마라⋯⋯!"

"하핫! 이렇게 딱딱해져서, 사실은 만져주길 바라는 게 아니냐고!"

"으읏⋯⋯."

심문관이 말로 희롱하면서 렌카의 가슴을 아무렇게나 움켜쥐고 농락했다.

너무나도 큰 굴욕에 렌카의 눈꼬리에 눈물이 고였다. 절대로 울지 않겠다고 결심했는데⋯⋯ 그런 완고한 마음이 와르르 무너져 내린다.

"왜 그러지? 우는 건가?"

"우, 울기는 누가……."

"그렇지 않으면, 느끼는 건가? 남자에게 희롱당해서. 채찍으로 맞아서 기뻐하는 건가?"

"웃……!"

그 말을 부정하려다가 말문이 막혔다.

느끼고 있지는 않다……. 그렇게 입에 담기는 쉽지만, 마음 한구석에서 수긍하는 자신이 있었다.

"뭐야, 정말로 느꼈던 거냐고!"

"큭……!"

"하핫! 다리 가랑이를 이렇게나 적시다니, 터무니없는 음란녀로군! 제국 기사단에서는 창부를 키우는 거냐!"

"그, 그만……. 만지지 마라……!"

심문관의 손이 렌카의 몸을 더듬어 댔다.

가슴을 주무르고, 복부나 다리를 쓰다듬고, 엉덩이를 움켜쥐고, 가랑이 사이에까지 용서 없이 손가락을 미끄러뜨렸다.

민감한 부분을 자극받을 때마다, 혹은 상처를 건드릴 때마다 미지의 쾌락이 렌카의 몸을 전류처럼 빠져나갔다.

"크아, 하……아하아아아아아아아아아아아아……."

"하하하하핫! 이건 유쾌하네. 참을 수 없구운!"

"그만, 만지지 마라……. 때리지 마라……. 거긴…… 으하아아아아아아아아앗!"

"아하하하하하하핫!"

남자가 찰싹찰싹 소리를 울리며, 음악을 연주하듯이 렌카의 엉덩이를 리듬감 있게 두드렸다. 단풍잎 모양의 손자국이 몇 개나 새겨져서 엉덩이 전체가 새빨갛게 부어올랐다.

"흐아……하, 그만……, 이제 싫어어……."

"슬슬 꺾일 것 같군. 이제 그만 솔직해져라."

심문관이 렌카의 턱을 잡고서, 숙였던 고개를 억지로 자신 쪽으로 향하게 했다.

"자, 동료가 있는 곳을 실토하라고. 그렇게 하면, 편하게 해줄게."

"으으……."

"이제 포기하라고. 그러면 이런 괴로움에서 해방돼서……."

심문관이 말을 멈추었다.

렌카가 남은 힘을 힘껏 쥐어짜서, 그 얼굴에 침을 뱉었기 때문이다.

"동료는, 팔지 않는다……. 포기해라……."

"…………그러냐."

심문관의 얼굴에서 표정이 쓰윽 빠져나갔다. 아래쪽을 향해 손에 들고 있던 채찍을 휘두르자, 돌바닥의 일부가 부서져서 파편이 흩어졌다.

"그렇게까지 고집을 피운다면, 봐주지 않고 범해주마. 네 정신이 사라질 때까지!"

"으……아아아아아아아아아아아아아아아아아아앗!"

감옥에서 렌카의 절규가 울려 퍼졌다.

짐승의 울음소리는 그치지 않고 아침까지 이어져, 렌카는 쉬지 않고 절정의 지옥을 맛보게 되었다.

○　　○　　○

"이게 뭐야……?"

지나가는 길에 들렀던 여관의 침실에서. 카임은 책상에 놓여 있던 수기에 눈길을 떨어뜨리고, 망연자실하게 중얼거렸다.

치우는 것을 깜박 잊고 책상 위에 놓아두었던 그것은 렌카가 썼다고 여겨지는 일기……. 아니, 관능 소설. 혹은 망상에서 태어난 사악한 산물이다.

"야영할 때 무언가 열심히 적고 있다 싶더니……. 그 녀석, 뭘 쓰는 거지……."

설마, 렌카에게 이런 취미가 있을 줄은 몰랐다.

물론 변태적 성벽이 있다는 사실은 알았지만…… 설마 망상을 문장으로 써 내려가는 취미가 있었다니.

"카임 경, 왜 그러지?"

"으엇……!"

등 뒤에서 누군가 말을 걸자, 카임은 당황해서 읽던 수기를 숨겼다.

어느샌가 침실 입구에 렌카가 서 있었다.

렌카는 목욕을 마친 후인 듯 피부를 붉게 물들인 채, 촉촉한 머리카락을 수건으로 닦고 있었다.

"욕실이 비었다. 카임 경도 샤워를 하고 오면 어떤가?"

"어, 그래……. 알았어. 하고 오지."

"좀 더 욕실이 넓다면, 다 함께 같이 들어갈 수 있었겠는데. 싸구려 숙소는 이래서……."

렌카가 투덜거리면서 침실에서 떠나갔다.

카임은 안도의 한숨을 내쉬고서, 손에 들고 있던 수기를 살짝 덮었다.

"……못 본 걸로 할까."

카임은 조만간 흑역사가 될 수기에서 시선을 피하고, 기억째 로 더러움을 씻기 위해 욕실로 향했다.

"싫어어어어어어어어어!"

"끄악!"

한 소녀가 주먹을 크게 휘둘러 올려서 날카로운 주먹 공격을 펼쳤다.

힘껏 휘두른 주먹에 의해, 녹색 피부를 한 어린아이 정도의 체격을 가진 마물이 날아갔다.

고블린이라 불리는 최하급 마물이다. 그 가슴 부분에는 굵은 말뚝으로 꿰뚫린 것 같은 상처가 생겨서 지면에 쓰러져 목숨을 잃었다.

"좋아, 처리했어!"

소녀가 의기양양하게 주먹을 치켜들었다.

붉은 머리카락을 포니테일로 묶은 몸집 작은 소녀. 그녀의 이름은 아네트 하르스베르크.

나이는 열세 살. 카임의 쌍둥이 여동생이자, '권성'인 케빈 하르스베르크가 유일하게 사랑하는 자식. 하르스베르크 백작가의 적녀다.

아네트의 주위에는 몇 마리나 고블린이 피를 흘리며 쓰러져 있었다.

"자, 끝났어. 어서 나와."

"네, 네……."

아네트에게 재촉받아, 한 소년이 머뭇머뭇 나무 그늘에서 나왔다.

아네트보다도 두세 살쯤 연상인 소년이었다. 그의 이름은 루즈톤. 하르스베르크 백작가를 섬기는 수습 집사이자, 아네트와 같이 여행하는 동행자였다.

"……이로써 오늘 일은 끝이네. 자, 빨리 귀를 잘라."

"아, 알겠습니다……. 우와, 기분 나빠……."

루즈톤이 꺼림칙한 듯이 얼굴을 찡그리면서, 고블린을 토벌한 증거로 귀를 잘라갔다.

아네트와 루즈톤은 어떤 목적을 위해서 여행하고 있었다.

그 목적이란…… 아네트의 아버지인 케빈 하르스베르크의 원수를 갚는 일.

아버지를 쓰러뜨린 쌍둥이 오빠…… 카임 하르스베르크를 무찌르는 일이다.

엄밀히 따지자면, 케빈은 죽지 않았으니 원수를 갚는다는 것도 이상한 표현이다.

하지만 아네트는 아버지를 재기불능의 몸으로 만든 카임을 용서하지 않아서, 복수를 위해서 집을 뛰쳐나와 여행하는 것이다.

덧붙여서 동행자인 루즈톤에게는 카임에 대한 원망도 증오도 없었다.

우연히도 아네트가 가출하는 상황을 맞닥뜨리고 말아서 동참하게 되었을 뿐이다.

"일곱……, 여덟……, 아홉……. 고블린이 열 마리. 이걸로 오늘 밤 여관비는 확보할 수 있을 것 같네요."

루즈톤이 절단한 고블린의 귀를 세고서 안도의 말을 흘렸다.

기세에 떠밀려 저택을 뛰쳐나온 것은 좋지만, 여행하려면 식비도 숙박비도 든다.

두 사람은 여행 노잣돈을 벌기 위해 도중에 들른 마을에서 모험가로 등록했다.

모험가란 마물이나 산적을 토벌해서 돈을 버는 사람들을 말한다. 두 사람은 그 일로써, 마을 근처에 있는 숲에 고블린을 사냥하러 온 것이다.

"……고블린 열 마리에 3분이나 걸리다니, 아직 멀었네."

쓰러진 고블린 사체를 내려다보며 아네트는 입술을 삐죽였다.

"좀 더 좀 더, 강해져야만 해. 왕도에 다다르기 전에 말이야!"

"아가씨께서는 충분히 강한 것 같은데요?"

"그건 너와 비교하면 그런 거겠지! 그 남자……, 카임은 아버님을 쓰러뜨렸어. 이 정도로 당해낼 수 있을 리가 없잖아!"

아네트가 숲의 나무 한 그루를 걷어찼다.

그 나무는 소녀의 가느다란 다리로 걷어찬 정도로는 꿈쩍도 하지 않을 굵기였다. 하지만 쿵 하고 날카로운 소리를 울리기가 무섭게, 뿌리부터 꺾여서 쓰러지고 말았다.

아네트 또한 아버지에게 투귀신류를 배워서, 신체에 압축 마력을 둘러서 싸우는 기술을 몸에 익혔다.

저택을 나온 지 한 달. 그 싸우는 모습은 몰라볼 만큼 숙달되었다.

아버지에게 금이야 옥이야 귀여움받으면서 수행하던 아네트였지만…… 자신의 실력 말고 기댈 수 있는 것이 없는 들판에 던져짐으로써, 실전 경험을 쌓아 무인으로서 크게 성장한 것이다.

'하지만…… 그 녀석은, 카임은 훨씬 더 강해. 날카로워. 빨라……!'

딱 한 번 눈으로 본, 카임이 펼친 【기린】의 일격. 그것은 지금도 눈을 감으면 선하게 떠올라서, 무의 궁극으로서 아네트의 목표가 되었다.

'반드시 쫓아가겠어……. 그리고, 내가 이길 거야……!'

"결전은 왕도……. 기다리라고, 카임 하르스베르크!"

"…………."

루즈톤은 소리치는 아네트를 미묘한 표정으로 바라보았다.

아네트는 반드시 이기겠다며 결의를 굳혔지만…… 애당초 카임이 제이드 왕국의 왕도로 향한다는 보증은 없다.

왕도에서 카임이 기다리리라는 것도 아네트의 일방적인 착각. 근거 없는 직감이었다.

하지만 루즈톤은 그 말을 입에 담지 않았다. 오히려 아네트는 카임과 만나지 않는 편이 좋다고 생각하기 때문이었다.

"남매끼리 서로 목숨을 걸고 싸우는 모습은, 보고 싶지 않다고……."

"왜 그래, 루즈톤? 귀는 다 회수했어?"

"아, 네. 끝났습니다."

"그럼 가자. 서둘러 마을로 돌아가 환금해서……."

"큐이이이이이이이이이이이이이잇!"

"어……?"

두 사람은 마을로 귀환하려고 했지만, 갑자기 새된 울음소리가 터졌다.

목소리의 발생원은 등 뒤에 있는 나무 뿌리께. 아네트가 걷어차서 쓰러뜨린 거목 아래였다.

나무 뿌리 근처 지면에 있는 구멍에서 갈색 이형이 기어나와, 몸에서 무수한 촉수를 만들어 내 덮쳐온 것이었다.

"꺄악! 이 녀석은 뭐냐고오!"

"이, 이건 로퍼……?!"

촉수에 붙들린 아네트가 비명을 질렀다.

떨어진 곳에 있었기 때문에 재난을 피한 루즈톤이 그 마물의 이름을 외쳤다.

멧돼지 정도 되는 크기에, 갈색 원통형 육체에서 말랑말랑한 촉수를 무수히 만들어 내는 말미잘 같은 마물. 그것은 '로퍼'라고 불리는 괴물이었다.

"잠깐……, 이, 이봐! 오, 옷 속에 들어오지 마!"

로퍼의 또 하나의 이명……, 그것은 '에로 몬스터'.

로퍼는 겁많은 마물로, 기본적으로 벌레나 소형 동물만을 포식한다. 하지만 외적에게 습격받았을 때는 촉수를 사용해 상대의 움직임을 봉쇄해 온다.

그때에는 점성의 액체를 적신 촉수로 휘감아 오기 때문에, 여성 모험가에게서는 대단히 평판이 나쁘다.

"괘, 괜찮아요, 아가씨. 로퍼는 인간에게 위해를 가하는 마물

이 아닙니다. 촉수를 휘감아, 온몸을 더듬어 대면서 움직임을 봉하기만 할 뿐 무해하니까요…….'

"큰 문제인데?! 소중한 것이 이것저것 손상되는데?!"

아네트의 옷 안쪽에 촉수가 침입해 살결에 점액을 바르면서 휘감겨 온다.

"꺄앗! 으응……. 크읏, 이게……【청룡】!"

아네트가 촉수에 손날을 때려 넣었다. 압축 마력을 칼날로 바꾸어서 촉수를 절단하려고 했지만…… 완전히 베어내는 데 이르지는 못했다.

"어, 어째서어?!"

아네트는 미숙하다. 일찍이 없던 소녀의 위기에 집중할 수가 없어서, 마력을 충분히 가다듬어서 압축할 수 없었던 것이다.

"싫어! 정말, 어떻게 좀 해 봐아아아아아아아아아아!"

"어떻게 좀 하라니……, 그렇지!"

루즈톤이 허리에 찬 나이프를 뽑아서 로퍼의 온몸을 관찰했다.

"여기다!"

"큐이이이이이이이이이이이이이잇?!"

그리고…… 그 한 점을 향해서 칼날을 내리치자, 로퍼가 절규를 지르며 목숨을 잃었다.

"뭐, 뭘 한 거야……?"

"약점을 찔렀어요. 이 붉은 점……, 여기에 급소인 신경절이 있다고 책에 적혀 있었으니까요."

촉수에서 해방된 아네트를 일으켜 주며 루즈톤이 설명했다.

루즈톤에게는 전투 능력이 전혀 없었지만, 남보다 배는 공부를 열심히 하는 성격이었다. 여생 짬짬이 마물의 책을 읽고서 공부했던 것이다.

"지식은 힘입니다. 책을 읽어서 살아남을 가능성이 커진다면 값싼 거겠죠."

"고, 고마워."

아네트가 얼굴을 발갛게 물들이며 루즈톤에게 감사 인사를 했다.

여태까지 마물을 사냥하는 일은 오로지 아네트의 역할이었기 때문에, 루즈톤에게는 처음으로 도움을 받았다.

어째서인지는 모르겠지만, 무척이나 부끄러워서 참을 수 없게 되고 말았다.

"하웃……!"

하지만…… 아네트가 진심으로 수치에 몸부림치는 것은 이제부터이다.

"어라……, 이 냄새는……?"

이상한 냄새가 난다. 맡아본 적 있는 것 같은 고약한 냄새가 어디선가…….

"마, 마물의 체액 냄새겠지! 빨리 씻고서 옷을 갈아입어야 해!"

"아뇨, 마물 냄새라기보다도, 이건……?"

"시끄러워! 마물 때문이라고 하잖아!"

"아얏?!"

아네트가 루즈톤의 허리를 퍽 때렸다.

루즈톤은 얻어맞은 곳을 누르면서, "대체 왜……?"라고 고개를 갸웃거렸다.

여러분, 오랜만입니다.

영원한 중2병 작가인 레오나르D입니다.

빠르게도, 벌써 본작도 이로써 3권이 됩니다.

1권의 티, 2권의 밀리시아에 이어서, 3대 히로인 마지막 일각인 사랑스러운 암캐…… 렌카가 표지를 장식할 수 있었습니다.

이것도 독자 여러분 덕분입니다. 하해와 같은 최대급 감사를 드립니다.

또, 일러스트레이터 온 선생님, 제작에 관여해 주신 모든 분들께도 감사 인사를 드립니다.

작가로서 데뷔를 이룬 지 올해로 5년째.

마침내 신출내기를 졸업할 수 있었나……라고 멋대로 생각합니다.

코로나가 한창 기승을 부릴 때 데뷔작을 발매해서, 전혀 오르지 않는 서점 매상에 울던 나날조차도 그리워요.

집필 작업에도 익숙해지기 시작해서, 덕분에 활동의 폭도 넓어지기 시작했습니다.

코믹 원작 등의 작업도 하게 되었고, 본작 또한 코미컬라이즈 기획을 진행하고 있습니다.

앞으로도 작가로서 팍팍 열심히 집필할 테니, 다시금 잘 부탁드립니다!

  그럼…… 이제부터 본권의 스포일러를 포함할 테니 주의하시기를 바랍니다.

  주인공인 카임은 히로인들을 이끌고서 제국에 찾아오기는 했지만…… 좀처럼 목적지인 제도에 도착할 수는 없습니다.

  언데드에 지배받던 마을이나, 마랑왕의 숲에 발을 들이게 되었습니다.

  유례 없는 격전을 거쳐서, 나타난 이는 늑대 밑에서 자란 어린 소녀. 예상치 못했던 동료 추가에 새 히로인 획득입니다.

  그리고 마침내 제도에 도착. 밀리시아의 오빠인 제1황자 아서와의 해후를 달성하고, 결정적으로 적대하게 되었습니다.

  이건 예상치 못한 최종 보스 등장일지도 모릅니다.

  궁지에 몰린 카임입니다만…… 거기에서 도움을 준 것이 예상치 못한 참수의 로즈벳.

  이번에는 적의 적이라서 협력하는 형태가 되었습니다만…… 잊지 마시길. 그녀의 타깃에는 밀리시아도 포함되어 있습니다.

  적이 될지 아군이 될지…… 로즈벳은 앞으로, 카임과 어떻게 관여하게 될까요?

  어쩌면, 혹시…… 로즈벳 또한 카임의 히로인이 되어 이것이나 저것이나 야한 전개가 있을지도?

그것 또한 4권을 기대하시길.

이미 4권 발매일은 결정되어서 서적화 작업에 들어갔습니다.

아마도, 그다지 오래 기다리게 하지는 않을 것 같으니 기대해 주세요.

앞으로도 카임과 야하고 귀여운 히로인들의 모험에 함께 해주시면 무척 기쁘겠습니다.

그럼 또 뵙게 될 날이 오기를 모든 신과 부처와 악마에게 기원하며.

레오나르D

Doku no Ou 3
~Saikyo no Chikara ni Kakuseishita Ore ha Bikitachi wo Shitagae, Hatsujoharemu no Aruji
tonaru~
©LeonarD
Originally published in Japan in 2024 by HOBBY JAPAN CO., Ltd.
Korean translation rights ©2024 by Somy Media, Inc.

독의 왕 3

2024년 10월 15일 1판 1쇄 발행

저　　　　자	레오나르D
일 러 스 트	온
옮 긴 이	정우주
발 행 인	유재옥
총 괄 이 사	조병권
출판본부장	박광운
담 당 편 집	박차우
편 집 1 팀	박광운
편 집 2 팀	정영길 조찬희 박치우 정지원
편 집 3 팀	오준영 이소의 권진영
디자인랩팀	김보라
디지털사업팀	박상섭 김지연 윤희진
라이츠사업팀	김정미 맹미영 이윤서
영업마케팅팀	최원석 박수진 이다은
물 류 팀	허석용 백철기
경영지원팀	최정연
인쇄제작처	㈜코리아피앤피
발 행 처	㈜소미미디어
등　　　　록	제2015-000008호
주　　　　소	서울시 마포구 토정로222, 502호 (신수동, 한국출판콘텐츠센터)
판매 및 마케팅	(070) 8822-2301

ISBN 979-11-384-8442-8
ISBN 979-11-384-8266-0 (세트)